謝哲青

穿越 撒哈拉

流浪，走向 風沙未竟 之地

CROSS THE SAHARA

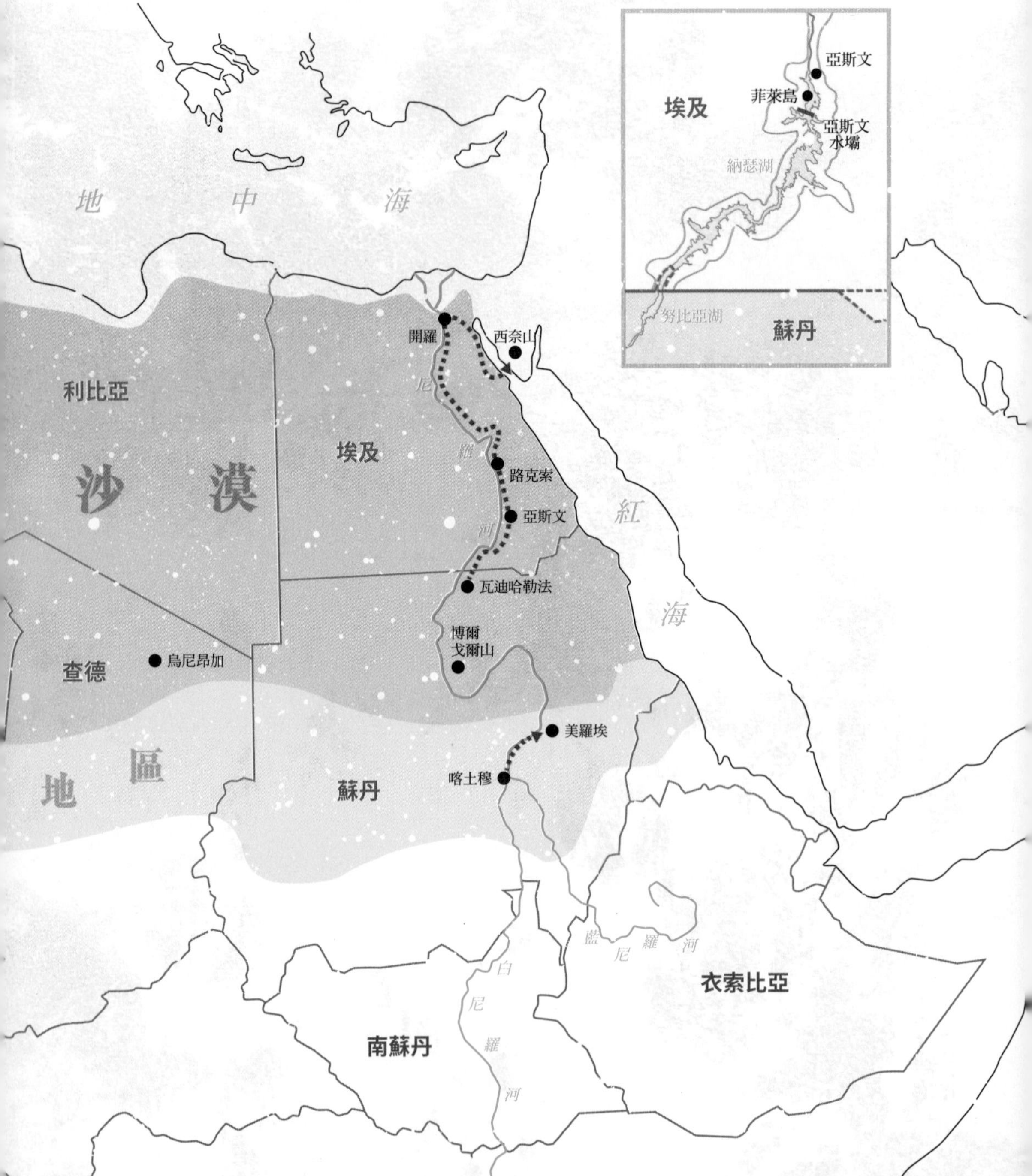
地中海
利比亞
沙漠
地區
埃及
查德
烏尼昂加
蘇丹
開羅
西奈山
尼羅河
路克索
亞斯文
紅海
瓦迪哈勒法
博爾
戈爾山
美羅埃
喀土穆
藍尼羅河
白尼羅河
衣索比亞
南蘇丹
亞斯文
菲萊島
埃及
亞斯文
水壩
納瑟湖
努比亞湖
蘇丹

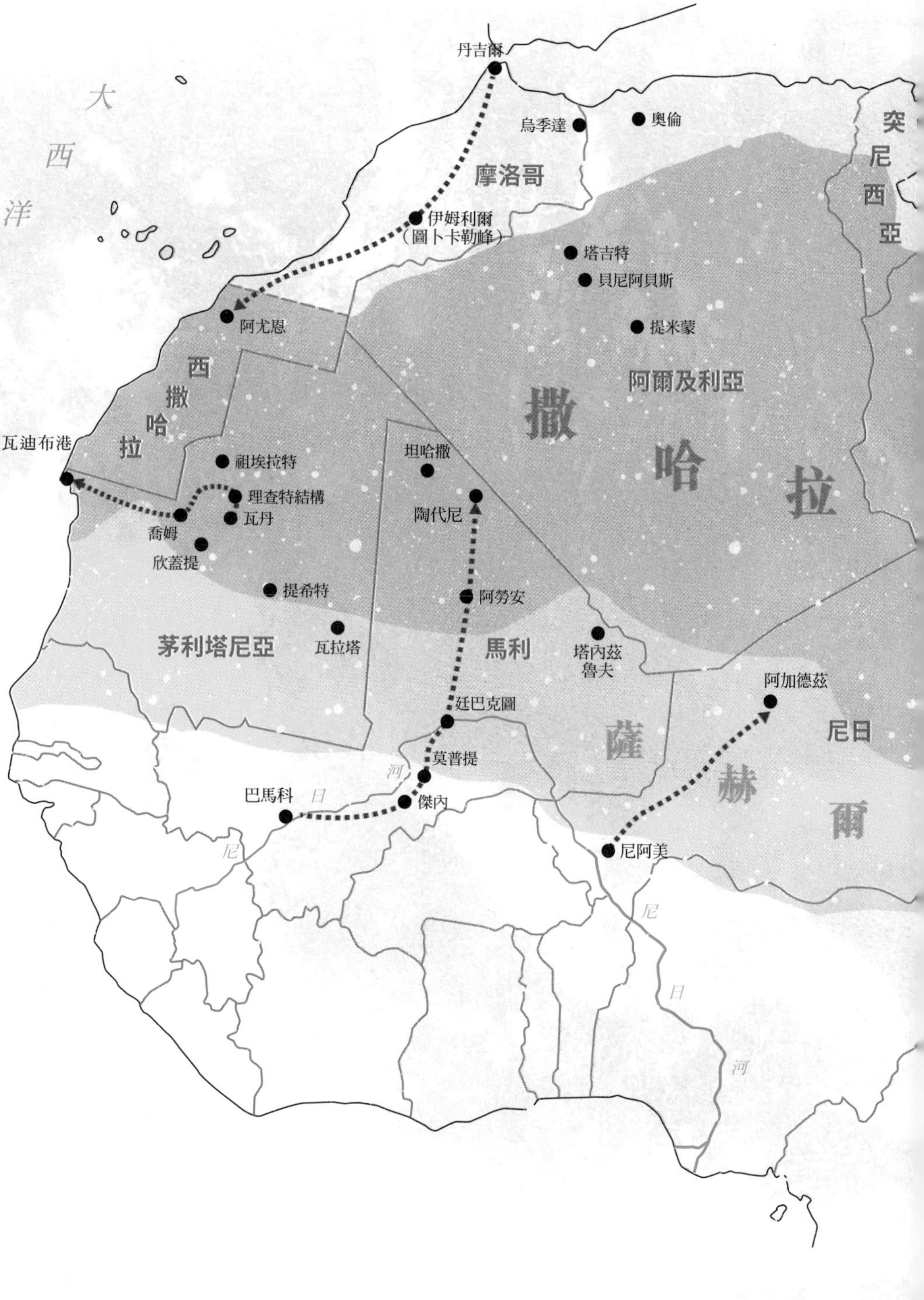

丹吉爾
大
西
洋
烏季達
奧倫
突
尼
西
亞
摩洛哥
伊姆利爾
（圖卜卡勒峰）
塔吉特
貝尼阿貝斯
阿尤恩
提米蒙
阿爾及利亞
西
撒
哈
拉
撒
哈
拉
努瓦迪布港
祖埃拉特
坦哈撒
理查特結構
陶代尼
瓦丹
喬姆
欣蓋提
提希特
阿勞安
瓦拉塔
茅利塔尼亞
馬利
塔內茲
魯夫
阿加德茲
廷巴克圖
尼日
薩
莫普提
赫
巴馬科
傑內
爾
尼阿美

Contents

序曲

西沉的夕陽，將湖水染成一片金黃，粼粼波光在有無之間飄忽閃動。青鬱的棕櫚，迎著風，輕輕搖擺。萬年以前，眼前這片一望無際的沙漠，曾經是水草豐美的湖泊，更久之前，已消失的湖泊則是一片浩瀚汪洋。空氣中若有似無的鹹味，實際上，是遠古海洋的氣息。

腳下支離破碎的蒼白椏杈，源自於太古紀元時水生植物的殘葉斷枝，歷經千萬年的炙陽烈風，在無情的歲月中，鈣化成難以辨認的化石。我握著堅硬的白色化石，想像著人類不曾見過的前世，也無緣參與的來生。

位於查德北部的烏尼昂加（Ounianga），是由大小不一的淡水和鹹水湖組成的湖泊系統，除了環繞水源的綠色密林之外，這裡還住著一群與世隔絕的沙漠子民。有人說，這群被稱為「圖布人」（Toubou）的沙漠民，可能是地球上最古老的居民。

「可能是？」我不可置信地重複自己：「可能是？」

「是的，許多人都這麼說，」薩拉姆一臉嚴肅地繼續說道：「而且，我也這麼相信。」

薩拉姆是我在恩將納（N'Djaména）認識的朋友，是相信「天地有情，萬物有靈」的薩拉人（Sara people）後裔，同時也是信仰堅定，心志純正的穆斯林。

「面對生命，你不該有這麼多懷疑。」薩拉姆將臉轉向夕陽：「這樣的話，你的人生會充滿不安，很辛苦的。」

我是個徹底的世俗主義者，在懷疑中成長，所以十分熟悉薩拉姆另有所指的弦外之音。長久以來，我被某種無以名之的焦慮所擄獲，幸或不幸，狂躁與不安成為我生命的底色，時時刻刻都感到自己被當作瑕疵品拋入這個世界……總認為自己是無用、多餘的存在……奮不顧身地投入一段感情，卻因為怯懦，或某些難以言喻的疏離，最後所有的關係都不了了之，無疾而終……徒勞地追求某個目標，每天都意識到它離自己越來越遠。對於薩拉姆來說，我的問題在於「沒有信仰」，沒有值得堅守的價值，沒有需要捍衛的信仰，心中沒有永恆，當然對生命充滿迷惘。

但是，生命之於我，所有的遲疑與迷惘，從來就沒有簡單過。我總覺得，自己是失敗者，坐困在周而復始的挫折之中。我需要改變，我渴望離開，我想像：出走後回來，會有一個不一樣的自己。

於是，我告別汲汲營營的枯燥日常，走入未知，走向遠方，同時，在浪跡的旅次中，嘗試探索自己內心巨大的空洞，我想知道，世界之外，還有世界嗎？邊界的另一端，真的只剩下無人知曉的空白嗎？生命的答案，有可能在遠方尋著嗎？

後來的日子，我離家很遠，很遠……我在七千米的高山上掙扎求生，稀薄的空氣讓人恍惚，死亡雪線上沒有我的答案。我在古城中叩問比時間更悠遠的智慧，玄之又玄的曖昧應對，進一步將岌岌可危的自我懷疑推入萬劫不復的深淵。最後，我來到撒哈拉。

從嶙峋的山崗眺望烏尼昂加的湖泊，不規則的碎形像是各種扭曲變形的疑問記號，彷彿再次向自己探問：「我是誰？」「我在做什麼？」「我在哪裡？」

沙漠的浩渺、荒蕪與真實，都以無可比擬的壯麗，捕捉我的眼光，烙印在心上，時間久了，結成念舊的痂，化為自己不可分割的一部分。

除了美，撒哈拉還有許多，關於生命的故事。在沙漠中，我遇到一些人，交換了關於生活的點點滴滴，他們的日常境遇遠比我們想像的更為艱難：戰爭、內亂、屠殺、瘟疫。一路上交談過的漫遊者、追尋者與棄絕者們，我也在他們身上看見相似的不安。

「有個故事是這樣的……你看，是狼。」薩拉姆指著前方疾奔而過的狐狼，「某天，智者夏巴茲和他的族友札卡利亞走在沙漠之中，日復一日地朝不可知的未來前進。不知走了多久，這兩人決定停下腳步，升個火，然後好好休息。他們找到了許多乾柴，隨即發現自己沒有火。於是札卡利亞建議夏巴茲變成老鷹，到地獄深處取火，然後返回人間。」

「夏巴茲飛走了，又過了許久，智者化成的老鷹空手而返。他告訴札卡利亞：『地獄沒有火。』夏巴茲繼續說道：『凡是去過地獄的人，都從這個世界帶去自己的火，還有自己的苦痛。』」

是不是見過無限，才有可能放下自己呢？是不是碰觸過永恆，才有可能遺忘自己呢？

我想在青春油盡燈枯前，帶著碩果僅存的期望，試著穿越，生命的陷落。

試著穿越，內心的荒涼。

試著穿越，靈魂的黑暗。

試著穿越，近乎於無限的撒哈拉。

或許，在風沙星辰的彼岸，有我遍尋不著的啟示與答案。

Chapter 1

Tangier

路過全世界的人

風，就要來了

「所有旅行大師的作品，只要稍加翻閱，我們就會發現，全都是撿拾伊本・巴圖塔的牙慧……因為，他是將如轉輪般千變萬化的世界，掛在書本捲軸上，繼續轉動的人。」

——中世紀作家伊本・哈賈《隱蔽的珍珠》

「I-bn Bat-tu-ta。」

這是我，第四次用蹩腳的阿拉伯文說出這個名字：「I-bn Bat-tu-ta。」但眼前這位老先生只是微笑，並對著我搖頭。

這裡是丹吉爾（Tangier），北非摩洛哥面向海克力斯之柱的濱海城鎮，我和老先生蹲坐在古城裡某棵奄奄一息的無花果樹下，躲避午後充滿惡意的陽光。偶爾，來自大西洋方向若有似無的風，捎來聊表安慰的涼意。大部分的時間，空氣彷彿是塊凝結的透明果凍，所有的人事物，都膠著在靜滯不前的憂鬱中，動彈不得。

但在二十四小時之前，這裡，很不一樣。

四天前，我搭上從英屬直布羅陀出發的渡輪，趕在時速一百三十公里的強風來襲之

Tangier

Chapter — 1

前，航向丹吉爾。那是著名的黎凡特風（Levant），字彙源自於西班牙文中的「東方」（Levante）。根據古老的說法，風是從馬約卡島附近出現，然後以難以置信的速度，掠過直布羅陀，直奔世界的盡頭。

「你看到山上的旗子嗎？」

「哪裡？」

餐廳老闆指著直布羅陀之岩（Rock of Gibraltar）的山頭，「你看！像不像旗子？」搔一搔頭後說道：「它就要來了。」

水氣在強風吹拂之下，在山頭堆積凝聚，化成無匹的蒼白羽翼，宛如某種不祥的象徵。

我接受餐廳老闆的建議，想辦法擠進開往摩洛哥的最後一班船。當時的我，還不明白，為什麼遇見的每個人都愁容滿面：

「風就要來了。」

「你知道風要來了嗎？」

「為什麼在這時候起風？」

「什麼時候才回得了家呢？」

住在直布羅陀海峽兩側的居民，都討厭黎凡特風。這種只在西地中海才有，自荷馬史詩時代就存在的極端氣候，「不友善」是比較委婉的副詞，它會對所經過的一切拉扯、推擠，並撕裂有形與無形的事物，而意志薄弱的人，在終朝狂風的霸凌後，也可能精神崩潰。

直布羅陀的黎凡特風，比佛洛伊德筆下的少女朵拉更加歇斯底里，也比漢娜．鄂蘭書裡的艾希曼還要邪惡。

地中海沿岸邊的砂石，被強風狠颳一空，只留下堅硬嶙峋、沉默無語、難以親近的光禿地面。看不見的蠻橫，吹翻汽車、茶水攤，打落招牌、電線，許多看起來有點年紀的樹，攔腰折斷，往返海峽的渡輪、航班停擺，旅館擠滿了心事重重的人們。家家戶戶緊閉門窗，路上行人寥寥可數，很難想像這樣瘋狂的日子，竟然是陽光普照、晴空萬里的好光景。留在街上的，只有飛舞的殘葉、垃圾、沙塵，和無處可去的我。

古代的西班牙水手之間，流傳著許多關於黎凡特風的諺語：「風一來，猴子的毛都颳得下來。」「黎凡特風吹的時候，海克力斯之柱都會搖動。」「黎凡特風一來，連丈母娘都閉上嘴。」

在毫無道理可言的風暴摧殘下，每個人，都成了頹廢的受詞。無論是行走在街上，或是在百無聊賴的漫長等待中，我可以感覺到自己的靈魂，正以溫柔的方式生鏽、腐朽，在憂傷裡節節敗退。

狂風怒吼中，所度過每一天，讓所有人的精神都處於某種高壓緊繃，當風暴過後，所有能呼吸的生靈，看起來都筋疲力盡。

接下來的日子，是難以想像的高溫，一種只有在撒哈拉才能感受到的驕縱炙熱，緊緊地抓住丹吉爾。

我僅存的耐性，正在悶熱難耐的空氣裡，一點一滴地消磨揮發。眼前的這位老先生，是阿拉伯中世紀歷史的權威，許多人告訴我，想了解伊本·巴圖塔與伊斯蘭黃金時代的故事，拜訪他準沒錯。但我懷疑老先生可能失憶了，因為，他對於我的提問，完全沒有反應。

我決定發動最後一次攻勢，「Ibn Ba-ṭū-ṭah。」

老先生似乎突然明白了什麼，緩緩抬起頭來，以字正腔圓的牛津腔英語說道：

「喔！你指的是altayih啊！你知道嗎？他的老家就在隔壁巷子……」

「altayih」是阿拉伯文中的「旅行者」或「漫遊者」，那正是伊本．巴圖塔生命中最重要的身分。

寫給世界的情書

接著，老先生以鴿子咕噥式的厚重低音，開始吟誦：

「無上回曆七二五年七月二日星期四，也是至高真主誕生的月分，我從家鄉坦賈出發，啟程前往聖地麥加朝聖，並至麥地那拜訪先知穆罕默德的聖墓，願真主賜憫於祂……」

我在大馬士革、薩那、開羅與巴斯拉的茶館，聽過類似的吟誦。完美的聲韻、具有

伊本・巴圖塔／Léon Benett繪。

神性與詩意的音律表現，從《古蘭經》、《聖訓》、《萊拉和瑪吉努》到《一千零一夜》，透過戲劇性的語氣轉折與抑揚頓挫，透過吟唱，阿拉伯文極盡可能地展現它令人陶醉、恐懼、癡迷、敬畏、驚奇等各種跌宕的特質。

現場每個人，在那一瞬間，都被拉回遙遠的中世紀。

一個充滿光明與黑暗，聖潔與穢俗的世界。一個已經過去，屬於伊本・巴圖塔的世界。

當時，蒙古人才攻破巴格達沒多久，通過宗教狂熱所激勵的十字軍東征剛剛落幕，黑死病的陰影逐漸籠罩西方世界，連北方的俄羅斯也因軍事征服，而短暫地屈服在伊斯蘭之下。即使災禍頻仍，但大致上來說，還算是安穩。歷史學家用「蒙古和平」（Pax Mongolica）來形容這段歲月：

「來自東方的韃靼人，建立起連接三座海洋的道路……他們沿著道路種植樹木，在炎夏時為商賈和旅客提供遮蔭……石柱被用來標記樹木無法生長的道路……你可以從安納托利亞一路漫步到中國，而不會有任何危險……」亞塞拜然詩人尼扎米（Nizami Ganjavi）在給朋友的書信中繼續寫道：「一切的榮耀歸於阿拉，與祂的使者穆罕默德。」

呂北克、威尼斯、基輔、君士坦丁堡、大馬士革、巴格達、廷巴克圖、科欽、元大都、平安京……錯綜複雜的關係網絡，將世界緊緊相連。摩鹿加群島的香料成了維京人餐桌上的佐料，在印度可以喝到亞美尼亞的葡萄酒，巴斯拉市場交易所使用的黃金，產自於撒哈拉南部，大和朝廷的國宴，用波斯製作的玻璃杯飲酒，而摩洛哥的伊斯蘭法學者，則在中國杭州擔任客座講師。

一三三五年，二十一歲的伊本．巴圖塔「懷著虔敬的心，向所有的親人朋友道別，並像雛鳥離巢般，離開故鄉，前往麥加……」往後的二十九年，他以步行、騾子、驢子、馬匹、牛隻、駱駝及帆船等方式移動，拜訪現代地圖上近五十個國家，北至伏爾加河流域，往南遠迄坦尚尼亞的大草原，他走過摩爾人統治的西班牙，據說也沿著大運河，前往北京進行官方拜會。超過十二萬公里的路程，數不清的安歇與失眠，伊本．巴圖塔幾乎踏遍當時已知的人類世界。在流浪多年，回到家鄉後，他將旅程中的驚奇、恐怖、欣喜、絕望，偶然與僥倖，以獨一無二的方式記錄下來。

那是伊本．巴圖塔留給世界，最真摯，也最深刻的情書。

前往麥加的朝聖者們／Yahya ibn Mahmud al-Wasiti繪。

通往撒哈拉的入口

很多年前，我在倫敦柯芬園一家珍本古書店的閣樓，與這位偉大的中世紀旅行家第一次相遇。七大冊，朱紅色書皮，以燙金字樣烙上：

تحفة النظار في غرائب الأمصار و عجائب الأسفار

tuḥfat al-naẓār fī ġarāʾib al-ʾamṣār wa-ʿaǧāʾib al-ʾasfār

那是他的大作《來自城市奇景與旅遊軼事見聞者的珍貴禮物》，或者更花稍、更巴洛克風格的《臥遊者的珍寶：大都會傳奇與旅遊奇觀》。估價標籤上，有更精確的資訊：

「Rihla，或譯為遊記（Travels），原作者為中世紀伊斯蘭學者伊本・巴圖塔，本全譯版本由享譽國際的東方學者Samuel Lee所完成，並於一八二九年印製發行。全套不分售，定價一萬一千鎊。」

一萬一千鎊！雖然買不起英譯本初版書，幸運的是，圖書館還有一套可供借閱參考，一九一〇年所發行的修訂版。就這樣，我一頭栽進伊本・巴圖塔浪跡天涯的征途。

正如聖修伯里筆下的《小王子》一樣，旅途中，他與許多人相遇：聖者、蘇丹、戰士、學者、奴隸與騙子，並與他們進行有趣的對話。他自己也曾任職教師、法官、修士及大使，並以斜槓青年的身分遊走各國職場。

身為旅行者能遭遇的不幸或災難，伊本．巴圖塔多少都有經驗。他在亞美尼亞山區碰過山賊，在亞丁灣遇到海盜，在許多大都市與金光黨和小偷交手，也經歷過九死一生的船難、內亂與戰爭，甚至還在馬爾地夫策劃過一場不成功的軍事政變。他寫旅行中的病痛：從難耐的雞眼、止不住的腹瀉、傷風感冒、食物中毒，到致命的天花與腺鼠疫。當然，《遊記》也提供讀者許多作者個人旅行的保健秘方：用羅望子治癒熱病，以檸檬汁去除黏在身上的水蛭，用駱駝胃袋治療蛇咬，還有吟唱古老神聖的經文，驅逐夏日欲振乏力的無聊。

無所不包、無所不談的《遊記》，可說是《天方夜譚》以外，另一本詳細記錄伊斯蘭黃金時代生活風貌的百科全書，也是一本用熱情與好奇所書寫的旅行指南。在我心目中，也只有像伊本．巴圖塔如此的人物，才稱得上是「旅行家」，他是人類在機械動力發明以前，最偉大的旅行者。

在閱讀過程中，一個天馬行空的想法，逐漸具體而微，在腦海中成形：

「伊本．巴圖塔的世界還在嗎？他所踏過的撒哈拉，依舊是同一座撒哈拉嗎？」

運送黃金與奴隸的圖阿雷格人、沙漠中的白色鹽城、視力堪比老鷹的女人、畫滿奇特圖案的神秘山谷、在火堆中手舞足蹈的蘇非教徒……對我而言，伊本．巴圖塔的《遊記》，像是塊神秘磁石，以無以名狀的力量，一步步地將我拉進廣袤無垠的撒哈拉之中。

後來，我在探險家塞西格的私人日記裡，遠眺孤日懸空的尼羅河；在保羅．索魯與三毛的遊記中，閱讀馬格里布人的從容與哀傷；在卡繆充滿自我質問的小說裡，品嘗流亡者的孤獨。旅人的文字，與平沙萬里的大漠景觀逐漸合而為一，撒哈拉從遙不可及的遠方，化成可行的計畫。

這也解釋為何在多年後，我蹲坐在無花果樹下，聽著老先生，像入神，又似著魔般的吟唱。

你看見的，就是你尋找的

約莫十幾分鐘後，老先生在一個神秘音節停頓後，結束這段中世紀的詩歌吟唱，他回過神來：

「你想去伊本．巴圖塔的墓地看看嗎？」

「哦！」

「從這裡向上走，左手邊第一個路口拐進去……再往上走一點……」老先生的表情讓我有他從來沒去過的錯覺，「然後，就到了。」

「他在這條街出生、長大，然後就從這裡，懷抱信心，前往天房（Kaaba）……」老先生的眼神逐漸混濁，「有時候，你必須先對某件事深信不疑，然後，信心就從中而來……你應該去漫遊者的墓地，看看能不能找回些什麼。」

「能否找回些什麼？」

「找回你自己。」

對於穆斯林來說，參訪聖者墓地，就像吃飯喝水一樣自然，是信仰，也是歷史的一部分。在伊斯蘭世界旅行，到墓園走走，是不可避免的行程，也是責無旁貸的義務。他們相信，往生者仍渴望著和現世的親友接觸，「就靜靜地坐在墳前，傾聽訪客的話語，目送生者離去……」比伊本・巴圖塔早上好幾世代的地理學家伊本・胡爾達茲比赫（Ibn Khordadbeh）繼續寫道：「無論生或死，與至親分開的痛苦，唯有至高至大的主才明瞭。」

只有犯下十惡不赦重罪的往生者，屍骨才會火化：「亡者的靈魂，將無時無刻置身於永恆的火焰之中。」

所以，當我告訴穆斯林朋友，自己的祖父是土葬許多年後，再撿骨火化，在場的每一位，都以不可置信、哀戚悲痛的眼神看我。

離開老先生後，我再度走進迷宮般的舊城。丹吉爾被稱為「非洲裡的歐洲」，而舊城大致上仍保留中世紀形勢。

在北非、西班牙安達魯西亞與馬爾他，老城區都被稱為「麥地那」（Medina），阿拉伯文為「المدينة القديمة」（al-madīnaah-qadīmah），我在以色列也聽過類似的說法，它的意思就是「城市」或「城鎮」。走進麥地那，馬上就能感受阿拉伯式

的傳統生活。

再一次，我在錯綜複雜的舊城內，失去了方向。實際上，似曾相識的斑駁牆面，千篇一律的櫺格花窗，讓我總是在丹吉爾古城內迷路，劣質水泥補綴的台階提醒我「喔！這邊剛走過了！」在靛青與朱紅間的巷弄間徘徊，每條路看起來都很相似，不知道卡夫卡筆下永遠到不了的城堡，沿途風景也是否一樣。

我在紅藍相間的窄巷盡頭，終於沒看見心心念念的所在，「伊本．巴圖塔街」，怎麼會沒看見呢？

讓人意外的是，丹吉爾人並不在乎，也不重視伊本．巴圖塔。對於當地居民來說，他只是千千萬萬離家前往遠方的旅行者之一，並沒有什麼特別了不起的地方。唯一不同的，是伊本．巴圖塔回來了，並且寫下他的故事。若非《遊記》，那麼漫遊者的故事，終將湮滅在時光的沙塵之中。

我懷抱著忐忑，穿過低矮木門進入墓室。在咫尺見方的小房間內，隨意擺放了幾個綠色坐墊，地上則是鋪著幾塊大小不一的地毯。設計師（如果有的話）用藍色瓷磚裝飾護牆踢板，上方牆壁則粉刷成米白色，周圍掛著許多念珠、精裝《古蘭經》與刻有穆罕默德聖名的飾牌。墳墓本身則用墨綠色的刺繡棺罩蓋住，並用乳白色的蔓

藤花紋鐵欄圍住。

守墓人坐在角落，旁邊還放著一只插了電、咕嚕作響的茶壺，水氣在室內蒸騰。

伊本·巴圖塔的墳墓，看起來就像座造型詭異的嬰兒床，加上違和感十足的配色，讓室內混合著虔敬、沉鬱與荒謬的奇妙氛圍。

「請問，這真的是伊本·巴圖塔長眠的地方嗎？」我想像中的墓室，應該更嚴謹，更精緻，也更哀傷。

「你看見的，就是你所尋找的。」

我站在伊本·巴圖塔小小的石棺前許久，不知道該作何感想，或說些什麼。沒有澎湃激動、沒有漣漪低迴，這裡所有的一切，都和我的想像大不相同，但又隱隱約約意識到，就是應該如此才對。

做完簡單的禱告，詢問過守墓人的意見後，我在角落坐下，想捕捉些空間中可能被我遺漏的訊息。守墓人默默地遞來一杯熱茶，意料之外的燙手，讓我差點把杯子打翻在伊本·巴圖塔的棺罩上。我故作鎮定地偷瞄守墓人一眼，守墓人則回以尷尬的眼神。然後，我小心翼翼地別開視線，將目光焦點放在牆上，被貴金屬裝飾得閃閃發亮的《古蘭經》。

「假若以海水為墨汁，用來記載我主的言辭，
那麼，海水必定用盡。
而我主的言辭尚未窮盡，
即使我們以同量的海水補充之。」
——《古蘭經》第十八章・第一〇九節

那一刻，突然意識到，身為外邦人兼異教徒的我，對伊斯蘭文明的欣羨，無論是波斯錦織地毯上繁複的幾何紋樣、阿蘭布拉宮石柱上精雕細琢的花體字，或是泰姬瑪哈神聖莊嚴的美，都僅止於有限的閱讀與觀察。

這是種矜持含蓄的戀慕，有距離的欣賞，畫地自限的喜愛。

我無法感同身受，當一名男子在晨間聽見喚拜者吟誦「萬物非主，唯有真主」時落淚的悸動，也無法複製反覆閱讀「你們對真主的恩惠不要絕望，真主必定赦宥一切的罪，祂確是至赦的，確是至慈的」經文時內心湧現的法喜，當然也無從體會伊本・巴圖塔受到信仰的召喚，動身前往聖地朝覲的初衷。二十一世紀的我們無從想

像，從摩洛哥步行穿越撒哈拉，前往麥加與麥地那旅程的困苦艱辛。

當年，當信徒決定前往聖地時，家人會為朝聖者披上壽衣，並召集家族親友為他餞行，並且會一起吟誦「我們確是真主所有，我們必定只皈依祂。」這段經文，出自於《古蘭經》第二章第一五六節，它提出身而為人的共同命運，同時向生者、亡者及遠行者訴說：我們的起點就是終點，生與死就像是光與影一般，是同時並存且不可分割的存在。

這是為生者所舉辦的告別式，朝聖者在家族親友的心中，出發等於死去。

我們今天不會把旅遊、度假及打工遊學，視為有去無回的死亡，因為「出發一定會回來」，似乎是地義天經的事實。

儘管，我不甚理解《古蘭經》的整體精神意涵，但我羨慕那些，對信仰與人生十二萬分篤定的人們。

我是無法閱讀原典的異文化者，永遠無法感受它的詩意與神聖。

就像中文的非母語使用者，也難以體會宋詞中「黯鄉魂，追旅思。夜夜除非，好夢留人睡。明月樓高休獨倚。酒入愁腸，化作相思淚」，文字與聲韻所堆砌，淒清晦澀的流離之美。

在特定時代、文化與經濟背景成長，稍不注意，我們的思維就會變得偏執固著。生活在二十一世紀的我們，「必須比以往覺察自己政治與宗教偏見，種族與性別的特權，」哈拉瑞在《21世紀的21堂課》提到，「以及無心之下為虎作倀的制度性壓迫。」

這或許是為什麼，生活在後工業時代的我，想閱讀與理解中世紀旅人伊本·巴圖塔的原因。

唯有透過差異性，才能真正認識自己身而為人的輪廓與存在的重量。

旅行，賦予我們機會與任務，了解自己與世界。

是時候，離開丹吉爾了。

Chapter 2

Toubkal

遮蔽的天空

真實的撒哈拉之旅

「你在平原上走著走著，突然迎面遇到一堵牆，這牆向上無限高，向下無限深，向左無限遠，向右無限遠，這牆是什麼？答案是：死亡。」

——劉慈欣《流浪地球》

「每個人，都是明天就走。」我信手翻閱，昨天在書店買的二手小說。

在旅行中，我最常閱讀的是小說，而不是旅遊指南。小說家總能以別出心裁的方式，為讀者指示通往未知的道路。而旅遊指南，則將所有的驚喜稀釋為理所當然。

「但他不認為自己是個遊客，而是旅人。其中的差異有部分是時間，他會這樣解釋：遊客通常在數週，或數個月後匆匆趕回家；但旅人不屬於任何地方，總是用幾年的時間，緩慢地從地球的一端，移動到另一端。」

二次世界大戰結束後第三年，一位來自美國紐約的作家，踏上北非撒哈拉，開始漫無目的地旅行，先是在丹吉爾待了一陣子，然後啟程，前往阿爾及利亞。他旅行移動的軌跡，像是雷達圖上某種神秘難解的光點，毫無道理可言——菲茲、濱海城鎮奧倫（Oran）、繁華邊城烏季達（Oujda）、西大沙海（Grand Erg

Occidental）旁的「黑色綠洲」塔吉特（Taghit）、「白色綠洲」貝尼阿貝斯（Béni Abbès）、「紅色綠洲」提米蒙（Timimoun），最後再花一段時間，緩緩地返回摩洛哥非茲。

如果，僅是漫無目的地移動，那也就不值一提。但這位作家在撒哈拉漫遊的過程中，詳細地記錄每日所見所聞，「這是一本綜合回憶與當下，最細緻描述的書寫，」作家在日記中繼續寫道：「鉅細靡遺的敘事，可縫補記憶的裂隙。」

但從任何角度來看，這都不是一本像派翠克・弗莫在《時光的禮物》中那般，充滿追憶青春華年的金色懷想，這本充滿不適、疲倦、失望與沮喪的厭世之作《遮蔽的天空》（The Sheltering Sky），是小說家保羅・鮑爾斯（Paul Bowles）透過不斷移動的流浪敘事，徹底展現：一個人若是失去了愛（無論是愛人，或是被愛），終會慢慢地，在絕望中淪陷。

來自大漠內陸的沙塵風暴，已經持續三十六小時的嘶吼咆哮，沿途龜速徐行的巴士在一座不知名的小鎮稍作停留。說是小鎮，實際上也只有一排大門緊閉的土屋，唯一開店做生意的，是座落在街底的破落咖啡廳。昏暗的室內散發出某種剛用辛香料做完SPA老山羊的奇妙氣味，但同車旅客們似乎都很習慣這股怪味，全都若無其事地待在室內，當然，也沒有人想到外頭颳風。我點了一碗肉湯，看著碗底許多難以辨識部位的動物器官，頓時失去了胃口。

三毛的撒哈拉，充滿綺麗浪漫的感情敘事，「世界上，再也沒有第二個撒哈拉了，只有對愛它的人，它才向你展現美麗與溫柔。」當我們閱讀三毛充滿生命熱情的文字回憶時，在那個當下，每個人都是不折不扣渴慕遠方的包法利，輕易地被「沙漠」、「落日」、「流浪」及「遠方」所征服。

在那個現實很近、夢想很遠的年代，我們都曾經是清貧的三毛。

但比起兵荒馬亂的戀戀情深，鮑爾斯的撒哈拉可能更接近我個人的真實情境：總是想從外國人身上撈點油水的司機、難以下嚥的可疑食物、灌漿水泥般的黑咖啡、在窒悶燠熱的夜晚、輾轉難熬的失眠、長得不可思議的公路、永無止境的迷途、捉襟見肘的盤纏，與充滿困惑的我……真實的撒哈拉之旅，是鮑爾斯式的黑色喜劇，是遮蔽天空下無心無愛的流浪。

終有一日，當我們走在夢想的路上，才發現所有以肯定句銘刻的人生註腳，到頭來都只是寫滿疑問句的生命篇章，涉世未深的天真索引。

巴士繼續往前，再次馳入，遮蔽天空下荒涼寂寞的山區。

絕望是一種病

我在入伍前夕讀的最後一本書，就是《遮蔽的天空》。

這是流浪者的故事。一對結縭十年，但感情已經疏遠的夫婦，為了挽救一息尚存的婚姻，他們來到撒哈拉，試著透過冒險的刺激，讓腐朽的愛情起死回生。

「他穿過街道，不假思索地選擇比較陰暗的路。」鮑爾斯筆下的男主角波特，是一位思緒與情感深深地陷落在空洞虛無中卻無力掙扎、未老先衰的「死靈魂」。當有人告訴他「生命很珍貴」時，波特覺得虛偽，當有人說生命苦短時，他回答道：「好慘！但那又怎樣？」他對周遭的一切麻木不仁，抗拒積極，否定希望，行屍走肉般過著無悲無歡的無味人生。

十九歲的我，對於波特破表的厭世，有種出於本能、根深柢固的嫌惡，「不對不對！人怎麼可以這樣活呢？人應該要樂觀積極，天天向上才對吧！」巴士在沙漠奔馳的當下，我才明白，自己所討厭的，並不是鮑爾斯筆下的主人公，而是在現實生活中毫無成就，感到灰心失望的自己。

「醫生都會說，沒有哪個人是完全健康的，熟諳人性的人也會說，沒有誰是完全不絕望的……」十九世紀思想家齊克果在《致死之病》中提到：「每個人內心深處總會有點不安，覺得不滿足，覺得哪裡不對勁，對於不知名或不敢承認的事物感到焦慮，也許是對某種存在感到憂愁，或者是說，焦慮的源頭，就是自己……這就是絕望。」

齊克果說，絕望是一種病，一種自我的、屬靈的失衡。它不會是猛爆性的臨時起意，也不必然是涉入疫區後的感染。「絕望」是一種極其特殊，但卻也普遍性存在的情境。「因此，我們必須認識，絕望是一種罪，」齊克果以悲觀筆觸，寫下這段文字，「即使死亡，也無法擺脫絕望。」

齊克果進一步將「絕望」，細分成三種形式：第一種是不知道，也不想認識自己，拚命想成為別人，卻又無法完成的「絕望」。

我們從小常聽到父母師長說的：「要做，就要成功，要做到最大，做到最好……否則，不如不做。」這句話最危險的所在，是假設我們的努力一定都有回報。但我們會慢慢發現，所有的付出，成果都不盡人意，一而再、再而三的跌倒，挫折失敗讓積極樂觀黯淡失色，距離理想的自己越來越遠，終有一日，我們開始厭倦鏡中那位面目可憎、一事無成的自己。

「想做卻做不到」的痛苦，觸動了自我裡燃不起來也燒不壞的東西，那是絕望的第一形態。

遠方山頭的白雪越來越近，鄰座呼呼大睡的老先生下意識地拉緊身上的毛毯。

「你是自私的人，總想著自己。」

我又夢到分手的情人，已經不再擁有的幸福，信誓旦旦的曾經，還有，即使物換星移，依舊痛徹心扉的悔恨。

夢是如此地真實，真實到醒來時，眼角仍有淚水的餘溫。

行過情愛浮沉的後青春期，總以為自己在擦肩錯身之後，會明心見性些什麼。到頭來，在百無聊賴的旅途中，才逐漸看清自己的人生，不斷地在抉擇前躑躅，在猶豫中後悔，最終在遺憾發生後，選擇逃避。

那就是我。

面對問題，總是消極，選擇視而不見，選擇出亡，選擇自我流放。

「你，真的愛過我嗎？」

「……」

「你，有想過我們的未來嗎？」

「……」

「你知道我很愛很愛你嗎？但現在的感覺，和以前不一樣了……」

「……」

逐漸模糊的夢境，這句話烙在心中，特別清晰。朦朧中，我是我，但我也不是自己，我是無關緊要的第三人，近距離地觀看兩人淚眼相對。是她在我的夢裡？還是我在她的夢中？我無力辨別，只知道分開那天午後的話語，像尖錐般深深地扎進心中，不時隱隱作痛。

直到那一刻，我才意識到，原來自己都用寡言與沉默，來應付生活、應對愛情。在日常中，從不坦誠面對自己，不敢或不願說出真心的人，即使抵達遠方，有機會獨處，面對陌生的自己，也是話不投機。

「We all have to decide for ourselves how much sin we can live with.」

我們可以過著毫無罪疚、沒有遺憾、不會後悔的人生嗎？

對於世界，我一無所知

座落於溪谷中的伊姆利爾（Imlil），是攀登圖卜卡勒峰（Toubkal）的前進基地，大部分的登山客會從馬拉喀什轉車過來，再從此地棄車就步，從村莊至峰頂來回，一般來說，往返大概需要三天時間。

進入亞特拉斯山區後，標高四千一百六十七公尺的圖卜卡勒峰就在眼前，它是北非的屋脊，也是摩洛哥及阿拉伯世界的最高峰。

我需要從不同的高度、視野，由外省視內在的生活，我想要感受自己的呼吸、心跳，意識生命的真實。

我想，一步一步走上峰頂，給自己一點微薄的成就與脆弱的虛榮。

倚在山村民宿的窗台，想到沙漠中白雪皚皚的山頭，心底的火光不知不覺也燃了起來。

晚餐前，登山客與嚮導們在客廳喝茶聊天，寒暄幾句後，我刻意避開人群，走到溪谷旁的後院，就著微弱天光，繼續躲在保羅・鮑爾斯的小說之中。

在《遮蔽的天空》中，有一對來自澳洲的萊爾母子，是小說中另一個刺眼、令人不舒服的存在。鮑爾斯花了許多篇幅來鋪陳這對荒誕可笑的母子，他們總是在謾罵、總是在抱怨。萊爾太太會用各式各樣歧視的字眼來羞辱阿拉伯人，並且宣稱他們是「人類中最低賤、最卑微的種族」。當然，在一切要求「政治正確」的今天，這些書寫肯定要被漂白或消音的。

而我們讀者的反應也會隨著男主角的情緒波動而起伏，一開始，波特會用誇張渲染的方式，來回應萊爾太太的數落，「希望可以藉此召喚更多類似的言論，因為這大大地娛樂了他。」十足十的八婆心態，但終究他還是那位對生命意冷心灰的空心人，「很快的，這種滑稽諷刺地新奇感逐漸消失，坐在母子中間，開始感到窒息：他們的偏執讓他更沮喪，萊爾太太甚至比她的兒子更討厭……她的對話，充滿自以為遭受不平等迫害的細節描述，以及與其他人爭吵的逐字報導。」鮑爾斯筆鋒一轉，突然用溫柔的語氣訴說：「她是自己所見過最寂寞的女人，但他一點都不關心。」

我抬起頭來，看著黑暗的山谷上方迅速變幻色彩的晚照餘暉，突然想起王維：

「晚年惟好靜，萬事不關心。」

摩詰居士寫下這段文字時才四十三歲，在中唐或二十一世紀，說是「晚年」似乎嫌早。千年前的〈酬張少府〉和二戰後《遮蔽的天空》，都試著在化外之地的放逐中，帶著夕陽無限好的憂傷，等待無愛無望的黎明。

生命要歷經怎樣的流離空轉，才會如此失重迷航呢？

走過安史之亂與黨派政爭的王維，再怎麼雄飛的凌雲壯志終究化成「深林人不知，明月來相照」的寥落；而歷經兩次世界大戰的鮑爾斯，對人性可說是徹底失望了，當我們生活在價值崩毀的精神廢墟中，要如何將焦慮與恐懼化為安適自在呢？

鮑爾斯是在旅途中完成《遮蔽的天空》草稿，因此這本小說在旅行時閱讀，像是把日本酒加熱到不同溫度來品飲般，有另類且別開生面的況味，令人驚奇。大部分的觀光客就像書中的萊爾母子，「不記得去過哪些地方。」而真正的旅行者，對於波特所說的「明天，不知道該往哪裡去」則心有戚戚。

旅行是不是可以改變什麼？我不知道。當我在世界馳騁一段時間後，對於很多事物越來越不篤定，少數幾件仍堅定的信念，那就是「我對於世界，一無所知」。

也許，正因為一無所知，我們踏入陌生。生命的答案，或許不在熟悉的日常，也不存於過往，而在我們從未抵達的遠方。

至少，年輕時代的我，是如此熱切盼望想像著。

成為一個真實的人

地圖上，從小村通往圖卜卡勒峰頂的山徑，是由一道不連貫的虛線接續而成。上頭則用不同顏色的文字與標示，註記一些登山客也許想知道的事：綠色三角錐是不曾存在的森林、黑色方塊是外人罕至的村落、白色斑馬線是無法跨越的天險關隘，紅色文字則是不知道也無關緊要的訊息。

在風暴過境、塵埃落定後的隔天，我和一群打算攻頂的人們踏著星光，乘著低語的寒風，沿著地圖上的藍色虛線，緩緩地朝山頭移動。

距離日出還有一段時間，登山客沉默地走著。我抬頭仰望黎明前的星空，光年以外的星宿依然以熟悉的方式排列，除了位置稍稍不同以外，北天球的星座和在家鄉仰望並沒有太大差別。這種踩踏在陌生大地，卻仰望如舊識般星空的親密，給了我異樣的奇特感受。夜空以隱密含蓄的方式訴說：

「即使流浪千萬里，此時此刻的你和蝸居在家鄉的自己，並沒有太大的差別。」

我看著異鄉相同的星空，突然覺得有點滑稽，以及更多的悲哀。人們花了大把金錢，揮霍了追也追不回的時間，卻換來一個「和出發前沒有太大分別的人生」。

旅行的意義是什麼？或者是說，旅行有意義嗎？

當下唯一不同的，是在腳底摩娑，沙沙作響的粗礫。這座混合火成岩與沉積岩，橫亙在沙漠與大海間的亞特拉斯山脈，遠從上古時代就是萬民仰望永恆、寄託希望的對象。關於「亞特拉斯」（Atlas）一詞的源起，最有力的說法來自於撒哈拉遊牧民柏柏語中的「adrar」或「adras」，意思就是「山」，這個字後來進入地中海居民的日常，成為神話傳說中擎天巨人的名字。在希臘神話裡，亞特拉斯是以宙斯為首的奧林匹亞神族與泰坦族第一次戰爭的頭號戰犯。成為宇宙主宰的奧林匹亞神族，將亞特拉斯流放到大地邊緣，懲罰他永生永世扛著天空。值得一提的是，人體頸椎第一節的「寰椎」，就稱為「亞特拉斯之椎」，根據奧維德《變形記》的描述，這與亞特拉斯總是用頸椎頂負著天球有關。

亞特拉斯的故事並沒有就此結束，這位巨人的命運和另外兩位神話英雄有關。第一次是尋找金蘋果的海克力斯，海克力斯向亞特拉斯打聽金蘋果樹的下落，但一心逃離永罰的巨人，設計海克力斯成為背負天球的替罪羔羊，宙斯的私生子魔高一丈，聰明地逃過亞特拉斯的詭計。第二次是宙斯另一位私生子珀修斯（Perseus），不過這次詢問的是戈爾貢三姊妹的下落。筋疲力盡的亞特拉斯告訴珀修斯，「如果你真的成功斬殺蛇髮妖女，請提著牠的首級來找我。」當英雄歷劫歸來後，他拿出梅杜莎的首級，對著亞特拉斯施展石化魔法，悲願的巨人終於從擎天的痛苦中解放，化成巨峰，成為我腳下的亞特拉斯山，而巨人腳邊那片大海，被後人稱為「亞特拉斯的海」（Atlantic），也就是「大西洋」。

神話中的亞特拉斯既不崇高，也不偉大，但他巨大的身影，讓許多思想家著迷不已。「所有的故事都是形式，」二十世紀最偉大的思想家羅蘭．巴特在《神話學》中寫道：「而所有的形式，都飽含著激情與痛苦。」在這裡，擎天的亞特拉斯，象徵著人在執著與虛無之間的永恆拉扯。

讀過杜斯妥也夫斯基的人都明白：懲罰並不可怕，即使是困坐在自以為的懲罰。真正可怕的是在罪與罰的拉扯中，無法平靜的心。長久於內在堆積，無可慰藉的憎惡與怨懟，終會化成不可承受的輕，重壓在肩頭與心上，直到個人的意志崩潰狂亂，無法自拔。

年少時讀希臘神話，總覺得亞特拉斯好傻好天真，為什麼不放開罪責，卸下沉重天球，一走了之呢？天如果真的塌了下來，也是生靈塗炭的局面，為什麼要一個人受苦呢？

東方接近地平線的天空，緩緩滲出些許亮光，微光中，圖卜卡勒峰的輪廓逐漸清晰，我關掉頭燈，繼續前行。山徑旁不知名的野花，綻放出旱地生命獨有的堅毅、

永生永世扛著天空的亞特拉斯／John Singer Sargent繪。

強韌、卻也稍縱即逝的美。天空緩緩褪去夜的輕紗，像貓一般，嶙峋的山勢藏起它未知的野蠻，捲曲成溫馴的模樣。視野所及的荒蕪下，所有的生命都以緘而不宣的方式秘密生長著。這是一種難以言喻的喜悅，目睹晨光點燃所有的希望，即使再微薄再渺小，我都可以感受那份對生命的眷盼依戀。

看著萬古恆常的日出，我突然明白亞特拉斯為何苦苦執著於罪罰。即使怒犯天條，遭受永罰，這位泰坦巨靈仍然是一名反抗權威、熱愛生命的英雄。面對荷載天球的重罰，世界也因為他的扛負，才能繼續轉動，萬物才得以繁衍，欣欣向榮。犯了錯的人，未必都會遭受懲罰，但罪會在靈魂中生根，以超乎想像的方式，改變原本的「我」。也許，亞特拉斯在接受處罰後，在沉重的負荷中，感受「存在」的意義。責任讓無足輕重的我們與世界發生連結，也讓虛無縹緲的自我詢問，終於找到了答案。

自始至終，我們永遠都有機會，成為一個「真實」的人。所謂的真實，用尼采的話，「是接受，並超越自己的命運。」正因為生命中充滿了艱辛、痛苦、沮喪與失望，我們才可能認真思索：「什麼是意義？」

終究，所有的不可避免與難以忍受，都以險峻的方式定義著你我的生命。

海藍的天空、赤銅的太陽與清晨的空氣，透析出久違的開朗清新。但是，只要有沙漠旅行經驗的旅人都知道，這種美好的天氣其實很危險，皮膚只要露出一小截，十五分鐘就會曬得發燙，稍不注意就起水泡，最後會變成難忍的灼燒疼痛。因此，所有人都慎重其事地戴上手套，用柏柏人頭巾將自己密密地包好，再罩上太陽眼鏡，然後小心翼翼地一步一步向上走。

我們沉默地沿著河谷北側，行走了好幾公里，耳畔只剩下微微的風聲與自己的呼吸心跳。步伐節奏也從小學生郊遊的輕快，拖成抬棺行進隊伍的沉重。

「還有多久？」一名身材壯碩的美利堅大媽不耐煩地問：「書上說只要五個小時就可以登頂，我們走了三個鐘頭，卻連峰頂都沒看到。」

「不要相信書上寫的，你們要相信我，」嚮導用開朗的笑容回答：「我們才完成三分之一，還要……」

「三分之一，這樣我要退錢。」大媽滿面通紅，氣噗噗地喘著：「這和旅行社講的不一樣……這樣我會來不及回馬拉喀什吃晚餐！」

「有些人來了兩三次也上不去……」嚮導以有限的英語字彙小心翼翼地回應大媽的

不講理：「圖卜卡勒峰從來就不是一座簡單的山，面對它，我們必須懷抱敬畏……」

「敬畏也沒辦法彌補我的時間，我要退錢，你要送我下山。」

嚮導極盡委屈地賠不是，其他人則冷眼旁觀。我按捺不住內心的憤怒，慢慢地走向嚮導身邊，「他說得沒錯，登頂還需要一段時間，妳可以選擇繼續往前走，留在原地，或是一個人下山，因為……」我看看四周沉默的登山客，「如果嚮導帶妳一個人下山，那其他人怎麼辦？別忘了，我們上山前都有簽約，山上的後果要自行負責……無論是妳無力再走，或是下山，全都是自己的責任。」

大媽先是睜大眼睛，看看周遭其他人的反應，然後又咕噥幾句，最後一個人坐在角落，乾嗑著三明治生悶氣。

「謝謝你，」嚮導遞來剛煮好的咖啡，「其實你不用

幫我講話，這樣的人我每個月都會碰到。」

我能理解他的無奈。旅行社撥給登山團工作人員的費用很少，對他們來說，真正重要的收入，是行程結束後登山客們依心情而定所給的小費，當地旅行社說，「如果你覺得服務不夠好，可以不用給錢。」拿了這句話雞毛當令箭的奧客們，往往下了山後就拍拍屁股走人，這也就是為什麼當地嚮導總是「侍奉」著有錢卻無禮的觀光客們，所有的委曲求全也只是為了溫飽，讓家人享受好一點的物質生活。

「我想送大女兒去城裡讀書，她很聰明，也很善良……我希望她有更好的生活。」

「城裡真的比較好嗎？」

「至少比這裡好。」

嚮導阿穆將他的青春獻給了家庭，獻給了亞特拉斯，

唯一期盼的，是孩子更美好的青春。在我眼中，他就是勇敢面對與承擔的亞特拉斯，而不是鮑爾斯筆下無心無愛的波特。

風光無限在險峰

「我病得很重，感覺很糟。沒有該感到害怕的理由，但我總是在害怕。有時候我不在這裡，我不喜歡那樣，因為那時的我既遙遠又孤單，沒有人能夠到那裡，太遠了，我只有自己一個人。」在接近峰頂最後的幾百公尺，我莫名想起《遮蔽的天空》中男主角病危時的囈語：「如此孤獨，甚至想不起不孤獨的狀態是怎樣。」

故事進行到四分之三的地方，男主角波特就在旅途中病故，留下他的妻子，無情而痛苦的凱特，繼續在沙漠流浪，換過一個又一個部落男人，也許還遭受到可怕的性虐待，最後孤苦零丁，精神失常。

作家保羅．索魯曾經不遠千里跑到摩洛哥，親自詢問鮑爾斯：「是對死亡的冥想？對好奇的警告？抑或只是個任性妄為的冒險故事？在這本小說，你究竟想講些什麼呢？」

「這一切都沒什麼特別的意涵，」鮑爾斯鎮定地回答說：「或者是說：『一切只會越來越糟』，這就是它的意義。」

我站在四一六七的三角點，眺望遠方的紅色城市，與無盡綿延的黃沙，心中沒有歡欣，只有莫名的哀傷。風光無限在險峰，但我所追求的心願成就，並不在這裡。

自己真正的想法，一直沒有說出口，所以失去珍愛的所有，因為無名地害怕責任，害怕停留，所以逃避，選擇流浪。我想留住美好的曾經，卻留不住曾經美好的我們。離開以後，沒有一刻是安適平靜，後悔與惱怒緊緊抓住了我，但我仍試著粉飾太平，掩藏自己的無能與脆弱。

所以，勇敢的妳，選擇離開；懦弱的我，則潛逃到現實世界的邊緣，癡心妄想企求原諒。

此刻，我才明白，我已經永遠失去妳。

Chapter —— 3

Laayoune

風沙之城

為什麼流浪？

「每想你一次，天上飄落一粒沙，從此形成了撒哈拉。
每想你一次，天上就落下一滴水，於是形成了太平洋。」
——三毛《撒哈拉歲月》

前方，就是阿尤恩（Laayoune）。

或許是在荒野中馳騁太久了，有人居住的地方，反而像是海市蜃樓，一點真實感也沒有。眼前這座平坦的城市，一九三八年才在地圖上出現，兩年後，當時在北非仍擁有殖民地的西班牙，將此地設定為「撒哈拉的首都」，八十年後的今天，這座柏柏語中的「泉水之都」阿尤恩，已成為西撒哈拉最大的城市。

我在凌晨抵達阿尤恩，巴士站外頭，一群計程車司機有一搭沒一搭地打著撲克牌，稍稍遠一點的地方，則是一片漆黑。一位像極歌劇《古斯塔夫》的大個子司機，目光快速地打量我，而後又意興闌珊地回到紙牌遊戲中。

我抱著背包，就著巴士站不甚舒服的候車座椅，沉沉睡去，等待黎明。

「為什麼流浪？」

為什麼？在旅途中，來自世界與自我，反覆不停地詢問，為什麼？為什麼流浪？

「為了天空飛翔的小鳥，為了山間輕流的小溪，為了寬闊的草原。」

總是幻想著，真正的生活，只在遠方的我，想去看看，這個世界。

「還有，為了夢中的橄欖樹。」

還有，為了一段遙遠的傳奇。

多年前一個冬日清晨，在西班牙馬德里公園裡的兩個人，一場不經意的閒聊，牽引出華文世界最美的傳奇。

「妳明年有什麼大計畫？」

「沒什麼特別的，復活節過後，想去非洲。」

「摩洛哥嗎？妳不是去過了？」

60

「去過的是阿爾及利亞，明年想去的是撒哈拉。」

就這麼一句話：「沒什麼特別的」，三毛就決定前往沙漠生活。想不到，當時還是男朋友的荷西，「不聲不響地申請到一份工作，他捲捲行李，卻比我先到非洲去了。」

後來，三毛寫信告訴荷西，「你實在不必為了我去沙漠受苦，況且我就是去了，大半時間也會在各處旅行，無法常常見到你——」

荷西則告訴她：「我想得很清楚，要留住妳在我身邊，只有跟妳結婚，要不然我的心永遠不能減去這份痛楚。」

幾經波折，兩人終於在西撒哈拉的阿尤恩相聚，也就是《撒哈拉歲月》三毛與荷西所居住過的「小鎮阿雍」（El Aaiún）。

走進沙漠的懷抱裡

「喂！這裡不可以睡覺。」不知道過了多久，我被一位乾瘦的管理員叫了起來，「往城裡去，那裡有地方睡。」

金色的流暉溢滿天際，晨曦鏤刻出沙漠城市的天際輪廓。我揉揉惺忪的眼睛，揹起行囊，緩緩走入晨光。

就任何一個條件來看，阿尤恩都是座無中生有的城市，所有的一切都是經過設計、鋪排出來的結果。棋盤方格的市區格局、充滿政治意圖的街道名稱、面無表情的大小招牌，再加上千篇一律的土黃色建築，這幾乎就是阿尤恩的全部。不難想像，在三毛旅居阿雍的時候，西撒哈拉的生活條件肯定比現在更刻苦、更艱難。像夢遊般，我沿著「一九七五年十一月二十五日大道」，走著走著才發現，阿尤恩機場原來就在前方。

「那天，他穿著卡其布土色如軍裝式的襯衫，很髒的牛仔褲，擁抱我的手臂很有力，雙手卻粗糙不堪，頭髮鬍子上蓋滿了黃黃的塵土，風將他的臉吹得焦紅，嘴唇是乾裂的，眼光卻好似有受了創傷的隱痛。」

三毛看見荷西在這麼短暫的時間裡，居然在外型和面部表情上有了如此劇烈的轉變，「令我心裡震驚地抽痛了一下。我這才聯想到，我馬上要面對的生活，在我，已成了一個重大考驗的事實，而不再是我理想中甚而含著浪漫調的幼稚想法了。」

半生的鄉愁，夢土的回歸，令三毛感觸到不能自已的撒哈拉，如今就在眼前。

「妳的沙漠，現在妳在它的懷抱裡了。」

我站在圍牆外，想像兩人相見擁抱的片刻。相較於鮑爾斯筆下的波特與凱特，顯然三毛與荷西更打動我們。從《遮蔽的天空》到《撒哈拉歲月》，愛情的浪漫本質其實並沒什麼不同，浪漫需要時間與純真，兩者缺一不可。在撒哈拉流離的波特夫婦，彼此心中，仍保有難以察覺的愛，但在現實世界失去純真的他們，注定要在荒漠中失去一切。三毛打動我們的，是她滄桑後依然純真，她用世故又善良的眼神凝視萬物不仁的天地，然後用文字凝鍊出對生命的愛。

「異鄉人，走吧！」

回過頭看，城市已籠罩在眩目的白光之中。

無孔不入的寂寞

近二十萬人口居住的阿尤恩，擁有預期以外的繁華：麥當勞、購物中心、網路咖啡館，一應俱全。三毛筆下市區外「幾十個千瘡百孔的大帳篷」與「少數幾隻單峰駱駝和成群的山羊」也不復得見，筆直的陽光大道上，冷漠無情的交通警察，與看似偶然實則無所不在的武裝軍人，讓阿尤恩有某種喬治・歐威爾式的閉鎖氛圍，從

《撒哈拉歲月》到二十一世紀，撒拉威人、摩洛哥與西班牙的歷史情仇，仍潛伏在嗚咽的黃沙之下，蠢蠢欲動。

「報上天天有撒哈拉的消息，鎮上偶爾還有間歇的不傷人的爆炸。摩洛哥方面，哈珊國王的叫囂一天狂似一天，西屬撒哈拉眼看是要不保了，而真正生活在它裡面的居民，卻似摸觸不著邊際的茫然。」

——《哭泣的駱駝》

一九七〇年代的西撒哈拉很不平靜，西班牙殖民霸權的落日餘暉、撒拉威人的民族自決運動，再加上摩洛哥與茅利塔尼亞瓜分西撒哈拉的戰爭，三毛與荷西旅居阿尤恩的歲月，並不如想像中的安穩。當故事來到《哭泣的駱駝》時，民間武裝組織「人民陣線」（Polisario Front）片面宣布西撒哈拉獨立，緊接著，茅利塔尼亞也退出這場沒有贏家的戰爭，往後的日子，只剩下撒拉威人與摩洛哥政府間無限迴圈的鬥爭。

走在三毛曾經徘徊過的街道，眺望她曾經凝視過的沙丘，我可以清楚地感受到，《撒哈拉歲月》中文學穿透現實的豐沛能量，在移步換景中逐一顯現。

對我來說，三毛在阿雍的生活很真實，即使城市風貌有極大改造，但有些「本質性的存在」卻未曾改變。三毛寫大漠風土的溫柔與無情、寫遊牧民生活的豐庶與貧

乏、寫人與人之間情感交流的真誠與虛偽，當然，三毛著墨最多的，是她與荷西在日常的平凡與甜蜜。

我問了路，搭上全城均一價的出租車，尋找書中的「金河大道」。不過它早已不叫這個名字了，三毛與荷西離開後沒多久，占領此地的摩洛哥政府就將「金河大道」更名為「加泰隆尼亞大道」。

加泰隆尼亞，另一個總是在爭取獨立的西班牙自治區。

「我去鎮上唯一快捷的路徑，就是穿過兩個撒拉威人的大墳場，他們埋葬人的方式是用布包起來放在沙洞裡，上面再蓋上零亂的石塊。」

——《白手成家》

蠻荒、戰爭與死亡，似乎是關於非洲最常出現的新聞標題。從「黑暗大陸」傳出來的消息一定都是壞消息。因此，就有些人對三毛的書寫不以為然，他們說：即使爆炸現場就在隔壁，即使有認識的親友在衝突中喪生，紛亂世局迫在眉睫，但「沙是一樣的沙，天是一樣的天，龍捲風是一樣的龍捲風，在與世隔絕的大地盡頭，在這原始得如天地洪荒的地方」，所有的國際政治語言在《撒哈拉歲月》中，總顯得陌生且不真實。

Chapter —— 3

Laayoune

彷彿沒在沙漠生活過一般。

我曾經懷抱相同的疑惑，直到踏上征途。

撒哈拉的壯觀，源自於它自身哲學性的存在。無孔不入的寂寞，與無所不在的沉默，一種將世界格式化，回歸零點的初始狀態；也是當時間與空間已來到盡頭，萬徑人蹤滅的虛無玄漠。

撒哈拉的寂靜，不僅是哲學性、聽覺性，也是視覺性。當我們把目光向外投射，卻發現空無可以反射回來。在群山之間，是不可能寂靜的，山巒疊嶂的跌宕起伏，宛如咆哮的波形振幅。但在沙漠之中，視線投向八荒四方，生命的存在變得

無足輕重——沒有過去，沒有未來，沒有呼喊，沒有回聲，只剩下無動於衷。

實際深入撒哈拉後，我才真正明白，沙漠以它無垠的空白，稀釋過濾所有的人為與造作後，再裝載那些已經流傳與尚未訴說的故事，大到能容下許多奢侈的希望、荒謬的幻想、一點點無厘頭式的喜感、些許黏膩的甜蜜。但除此之外，仍有許許多多的虛空無法填補，這也說明了為什麼聖安東尼、伊本·巴圖塔、聖修伯里、保羅·鮑爾斯、卡繆與三毛，他們的文字，總能展現出詩意的疏離與深沉的孤獨。

所以我說，三毛文字與現實間的超然疏離，並非不切實際，而是因為撒哈拉的廣陌、純粹與寂靜，早已深植在作家心中，並且內化成靈魂不可分割的全部。

死亡無所不在

「就是這，穿過墓地就到了。」司機用一種了然的語氣：「不過那家人應該不會讓你進去，這些年實在是太多人來了。」

「太多人？」

「Ha! Chino～Chino～Chino! Every Week!」

「要我等你嗎？你一下就看完了啦！」司機用戲謔的眼神看我，「你們都一樣。」

「沒關係，我想我可以慢慢看。」

司機看我走進墓園，笑了一聲後，揚長而去。

將近半個世紀，此地的斑駁落寞，和三毛旅居的時候，相去無幾。

墓地門口釘著一塊簡陋的木牌，上面寫著：

「競賽富庶，已使你們疏忽，直到你們去遊墳地。

真的，你們將來就知道了。」

——《古蘭經》一〇二章：一至三節

我蹲在一坏又一坏的小沙堆旁，輕撫撿拾不規則散落的大小石塊。世界上，每天都有無數人服喪，追憶無法回去的從前。越來越多跡證顯示，哀悼是需要孤獨與寂寞的。在西方，講究正向開朗，樂觀積極的社會風氣逼迫哀悼者復原，強制回歸正常，繼續追求幸福。遺憾、後悔與悲傷，硬生生被遺忘，走不出陰影的人們只能訴諸心理諮商或抗憂鬱藥物。在東方，對亡者的哀悼則被藏得更隱晦，我們可以悲傷，但以不影響他人為前提，大部分的時候，我們也傾向避而不談，因為那會帶來不好接話、冷場的尷尬。

但在撒哈拉，死亡是可以走在陽光下的，如果你仔細尋找，它可是無所不在。前幾天，我在馬拉喀什的咖啡館，和幾位當地的中年男子談到這個議題，幾乎每個人都踴躍發言，分享自己的生活經驗。

「我在六歲時，母親就因為難產過世……還好，兩個姊姊對我很好……」

「前兩年，我的父親生病去世，全家人都很傷心……真主對他另有安排……」

「就在幾個月前，我最親愛的小弟在去卡薩布蘭卡的路上車禍身亡，我們都沒有準備，唯有真主才能告訴我們為什麼。」

當有人分享死亡時，大家都會互相安慰：「我相信他是最好的人」、「這是真主最好的安排」或「母親是我們最良善的依靠」。有人哭泣，也有人沉默，但他們不會把哀悼視為不健康的心理狀態。

我站起身來，也像三毛那樣「在一堆堆石塊裡繞著走，免得踏在永遠睡過去的人身上，打擾他們的安寧」，小心翼翼地穿過墓地。

熱風翻滾過的街道，細細地蒙上一層黃沙，兩側土色的馬格里布式民房，肩並肩地沉默以對，我瞇著眼，試著在歪歪斜斜的手寫草書中，找到正確的數字組合。在數不清的拐彎分歧後，終於找到大家所說的「轉角小雜貨店」，再過去一點，就會看見那道用粉筆寫上44號與「Echo」的藍灰色鬧門。

三毛與荷西的家，到了。

活著，就是答案

「你是誰？」一群十來歲的男孩好奇地看著我，「在這裡做什麼？」

「我來這裡，來看很久以前一位作家住過的房子。」

男孩們都笑了，「Chino～Chino～Chino～」

我尷尬地笑了。

他們告訴我，現在這間房子是由警官罕地的兒子大衛負責管理，他是《娃娃新娘》中女主角姑卡的弟弟。

「我可以進去嗎？」

「不，不，他們不在家，去茅利塔尼亞了。」

我回頭看著深鎖的門扉，一輛配水的軍用卡車馳入街道。突然間，許多原本緊閉的大門都打開了，從室內走向陽光的婦女小孩們有說有笑地排隊提水。

見到這一幕，我笑了，對我而言，能不能進到屋子裡並不是那麼重要。

因為，我已經站在這裡，三毛與荷西撒哈拉歲月的起點。

無意中想起《世說新語》裡的小故事。王徽之在某個下雪的夜晚，從睡眠中醒來，打開窗戶，斟上了酒。放眼望去，大地一片潔白銀亮，於是起身，慢步徘徊，吟誦著左思的〈招隱詩〉。

忽然間，他想起住在八十公里外的好朋友戴逵，即刻備了小船，連夜前往。差不多快天亮時才到，但才到戴逵家門口，突然轉身返回。

有人問他，幹嘛這麼無聊？徽之說：「我本來就是乘興前往，興盡而歸，為何一定要見戴逵呢？」

《撒哈拉歲月》以外的真實，我看見，也感受到了，其實，這樣也就足夠了。

最平凡的幸福

接下來的兩天，我先去拜訪阿尤恩市區的聖方濟教堂，大家都告訴我，想知道三毛住在「小鎮阿雍」時去過哪些地方？又做了些什麼？問「那個人」準沒錯。

厚厚的大框眼鏡，慈祥可親的眼神，來自剛果的Valerio Eko神父告訴我，這些年有數百位華人來到阿尤恩，尋找三毛。

「我親愛的朋友，每個人都有被賦予的使命。」我坐在四周滿滿都是三毛相片的會客室，聽著神父娓娓訴說：「使命與天賦總如相伴而來的。」

「因為Echo，你來到這裡，還有其他人。」

我點點頭。

「我從每一個尋找她的人的眼神裡，都看見夢、希望與愛。」神父推一下眼鏡，「你也一樣，即使藏得那麼深。」

「Echo的天賦與使命，帶給你們夢想，你呢？」

突如其來的問題，讓我不知所措。神父拍拍我的肩膀，「你還有時間，好好地在路上想一想。也許答案在路上，也許在家裡，也許根本沒有答案……或許活著的本身，就是奇蹟，就是答案。」

我信手翻開案上那本舊版的《撒哈拉歲月》，就看見：

「生命，在這樣荒僻落後而貧苦的地方，一樣欣欣向榮地滋長著，它，並不是掙扎著在生存，對於沙漠的居民而言，他們在此地的生老病死都好似是如此自然的事。我看著那些上升的煙火，覺得他們安詳得近乎優雅起來。」

——《白手成家》

三毛進一步寫道：「自由自在的生活，就是精神的文明。」

神父看著我：「無庸置疑地，你看到答案了。」

在離開時，神父告訴我：「也許將來，就在Echo住過的那條街，會成立一間屬於她的博物館，讓每個來拜訪的旅人，都能夠自由地了解Echo。」

在Valerio神父的熱情指引下，我又尋訪了兩人公證結婚的法院、要走長長的路去寄信取信的郵局，以及充滿戲劇轉折的駕駛訓練班，故事裡的場景，在現實中已被廢棄多年。但她所傳遞的溫暖與感動，卻不曾因物換星移而有所改變。

日落後，我在華燈初上的Place Dchira找了座位，坐了下來。思忖著「小鎮阿雍」與「阿尤恩」之間的種種。

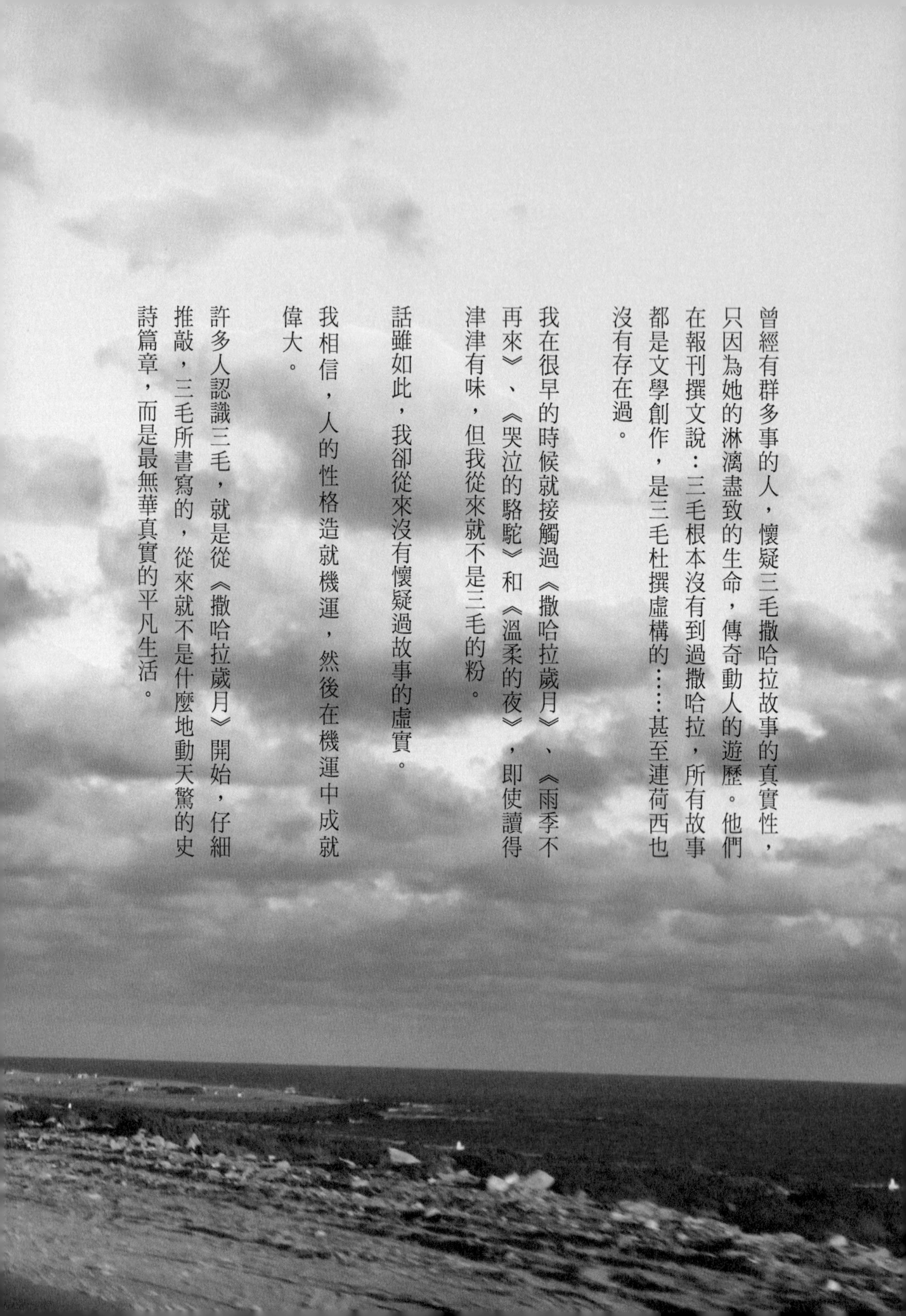

曾經有群多事的人，懷疑三毛撒哈拉故事的真實性，只因為她的淋漓盡致的生命，傳奇動人的遊歷。他們在報刊撰文說：三毛根本沒有到過撒哈拉，所有故事都是文學創作，是三毛杜撰虛構的……甚至連荷西也沒有存在過。

我在很早的時候就接觸過《撒哈拉歲月》、《雨季不再來》、《哭泣的駱駝》和《溫柔的夜》，即使讀得津津有味，但我從來就不是三毛的粉。

話雖如此，我卻從來沒有懷疑過故事的虛實。

我相信，人的性格造就機運，然後在機運中成就偉大。

許多人認識三毛，就是從《撒哈拉歲月》開始，仔細推敲，三毛所書寫的，從來就不是什麼地動天驚的史詩篇章，而是最無華真實的平凡生活。

因為真實，因為平凡，也顯現出她動人的文學力量。

如果，荷西和三毛今天都在的話，會是怎樣的光景？也許兩人會住在西班牙鄉下，也許找座小島，或搬回台北，享受人生最後的風和日麗？我想像他們兩人無災無難、無病無痛地走向日暮……想到這裡，眼眶不禁紅了……

終其一生，我們所追求的，不外乎是最平凡的幸福罷了。

「為什麼流浪？」為什麼？

我想念我的家人。

Chapter 4

Mauritania

火車上的陌生人

心靈的沙漠

"Would you tell me, please, which way I ought to go from here?"

「請告訴我，我該往哪邊走？」

"That depends a good deal on where you want to go to." said the Cat.

「那得看你想去哪裡。」

"I don't much care where —" said Alice.

「我不一定要去哪裡……」

"Then it doesn't matter which way you go." said the Cat.

「走哪條路都一樣。」

"— as long as I get somewhere," Alice added as an explanation.

「只要能走到某個地方。」

"Oh, you're sure to do that," said the Cat, "IF YOU ONLY WALK LONG ENOUGH."

「喔！沒問題的，只要走得夠遠，一定能到某個地方。」

不經意地，我想起《愛麗絲夢遊仙境》中，小女孩與柴郡貓的對話。如果走得夠遠，真的能抵達什麼地方嗎？如果不知道何去何從，真的哪個方向都可以嗎？

無法在平凡日常中，立命安身的我，是不是內心或靈魂，某個部分壞掉了呢？不僅

在物理現實的撒哈拉流浪，失去目標與方向的我，也在心靈的沙漠中跋涉。

沒有月光的夜晚，風在荒野中咆哮。

黑暗中的撒哈拉，化成玄秘的墨色汪洋，綿延的沙丘是向大地盡頭推進的巨浪。

「茅利塔尼亞～很大的地方啊！」抽著水菸管的鬍鬚大叔，用無比認真的眼神看著我，「你會死在那裡。」

我們就是知道

在晨光的浸潤下，瓦丹（Ouadane）巉峭鈍厚的石屋，逐漸清晰。我在呵欠連連的困頓中，慢慢走入這座古老的聚落。一片葉子從樹梢落到地面的時間，大地就被朝陽燃了起來，冰冷的空氣瞬間加熱，古城仍深深地沉溺在昨夜的夢中，不願醒來。這座被柔軟沙海與不透水岩石山丘所包圍的城市，曾經是跨撒哈拉貿易（Trans-Saharan trade）的重要驛站，瓦丹與著名的風都「欣蓋提」（Chingueti）、岩城「提希特」（Tichit）以及綠洲之城「瓦拉塔」，並列為茅利塔里亞境內最古老的城寨，當地人稱這些古城為「科薩」（Ksour）的地點，是北非柏柏人傳統的武裝聚落，總是以睥睨的姿態，座落在最顯眼的地理位置。以瓦丹來說，剛好建在旱谷與乾漠的邊緣，伊本．巴圖塔稱科薩為「阿拉伯蜂窩」，理由很簡單，從遠處看，這些城寨都有種警戒的態勢，精神緊繃地蹲踞在文明世界的邊陲。

大約在八百年前，至少有三條來自北方、南方與東方的

商路在此交會，附近所有的深井、滲水的石縫都被封了起來，那些試圖穿越西撒哈拉的駱駝商隊，一定得進到瓦丹休息、補給、買賣。科薩的統治者們會對每一組進城的商隊課「什一稅」，若載貨的駱駝繞道而行，會被認定是無禮的冒犯、傲慢的挑釁。

「如果繞道跑掉，」我詢問當地區公所服務台一位看起來無所事事的辦事員，「會怎樣嗎？」

「會被派出去的軍隊殺掉。在瓦丹的東南西北都有瞭望的高台，即使商隊在五十公里外，都可以看得一清二楚。」辦事員緩緩以老大哥式的冷漠口吻說話：「我們什麼都看得見，我們什麼都聽得到，你逃不出我們的手掌心的。」

今天的瓦丹舊城，是一座逐漸被世界遺忘的古老廢墟，大部分的居民都搬到古城外圍，建立大小不同單位的現代社區。散居在西撒哈拉荒原上的哈拉丁人、柏柏人與阿拉伯人，今天，只為一種目的而來，那就是千年如一日的市集。

千百年來，在沙漠地區的遊牧民們，以一種秘而不宣的方式交換訊息，在一個過去與現在都沒有先進通訊設備的撒哈拉，人們如何碰面？在哪裡？哪一天？幾點？不會用白紙黑字的海報公告，也不曾使用飛禽走獸魚雁往返，更不是透過超自然神通了解彼此，那是怎麼做到的呢？

「我們什麼都看得見，我們什麼都聽得到，我們什麼都知道，你騙不了我的，」辦事員再一次用「老大哥」的語氣強調：「我們就是知道。」

不管我問什麼問題，得到的答案都差不多大同小異，我懷疑這幾句回答是官方手冊上的制式回答，也可能是辦事員英語能力的極限。總之，我不想在這座進不去也出不來的語言峽灣擱淺，在旅途上，有些我們永遠無法參透明白的人事物，還是讓它湮沒在無語的沉默中，更為恰當。

千年如一日的市集

總之，神秘的約定之日在幾天後到來，近千頭牲畜在主人的帶領下，齊聚瓦丹的郊區。過去，我只在提姆·謝韋倫（Tim Severin）與麥可·帕林（Michael Palin）的書上讀過如此盛大的場景，即使也曾經在巴基斯坦、印度或是阿曼王國見過類似的遊牧市集，但都比不上在瓦丹的不期而遇來得驚奇。從先進工業國家淘汰的二手衣物、琳瑯滿目的鍋碗瓢盆、說不出名字的香料，以及分不清種類的駱駝，都在這奇特的日子相會。現代商品用現代的方式買賣，比手畫腳的喊價，虛張聲勢的殺盤，付款的，收錢的，來自福爾摩莎的我，在傳統市場中打轉多年，勉強算得上是見多識廣，但在此地也大開眼界，見識到沙漠民族帽子戲法般花招百出的買賣技巧，而古老的財貨則以古老的方式交易，那是另一種不為外人所知的神秘，岩鹽交易就是其中之一。

在市集東南隅，只見一群鹽商，個別在不同角落用裁切過後的鹽板，堆起一座又一座的大小不等、品質相異的鹽堆。然後，在鹽堆中晃蕩的某人，相中某個項目，和商人四目交接後，他也會在前面堆起用棉或麻所編好的布袋，裡頭放了些叮噹作響的金屬製品，可能五、六袋為基準。接下來，就是雙方不斷改變比重份量的大亨遊戲，直到某方退出，或是達成協議。在交易過程中，雙方不發一語，這種沉默交易在其他地區可能會進行好幾天。香料、橄欖、椰棗也是用相同方式交易。

穿梭在一落又一落、一筐又一筐的商品之間，我看不見現代商業所仰賴的語言與符號，沒有數字，也沒有標記，一切都是在真主的見證下完成，透過眼神與隱而不顯的肢體語言，訂定神聖的契約，就連成交的握手慶賀，也隱藏在寬鬆的白袍或藍袍之下。

駱駝市集則是另類的商業與動物奇觀：氣宇軒昂，僅供騎乘的高大駱駝、個子稍小，但眼神銳利的競速駱駝，以及四肢粗壯，頂著一張苦瓜臉的馱重駱駝……駱駝市集比鹽商、椰棗商人聚會場所更有活力，也更容易聊天。雖然交易方式依舊神秘，透過覆蓋在寬鬆長袖下的握手議價、交換訊息，但可以從駱駝商隊學習了解的事也更多。他們教我聽懂駱駝各部位發出聲音的方式與意義，抱怨的駱駝，喉嚨發出的聲音聽起來像是支氣管炎的獅子，調情的駱駝嘴巴則會發出泡泡從深海冒上來破滅的音效、從胃部發出咕嚕咕嚕的水流聲是牠們將食物從肚子中吐回口中反芻的預告，通常會伴隨強烈的口臭，朝我臉上吹氣的嘶嘶聲是友好的表現，如果夾帶著清喉嚨的咯咯聲就要趕快跑，因為牠要對我們吐口水。也知道駝伕如何治療駱駝被蠍子或土蜂螫傷，腫得像法蘭克福香腸的嘴唇，或是取出刺進腳蹄的尖銳石片或荊棘，如何在小駱駝的鼻子上拴好木塞，讓小駱駝不要拚命喝奶，也學會如何塞住母駱駝的乳房，以免乳汁不斷滴下，失去珍貴的營養品……也才知道駱駝不僅吃麥稈、玉米稈、仙人掌或刺槐，但有時也吃魚或螃蟹，偶爾會啃咬彼此身上藏在濃密皮毛下的寄生蟲。沒預料到的是，這些知識與粗淺的技能，在不久之後就派上用場。

我花了一個下午在市集裡閒晃，像是參加二手車拍賣會愛買又愛嫌的奧客一樣：品評駱駝的皮毛、敲敲駱駝的腳脛骨、拍拍牠們的駝峰、圓肚與臀部，問問牠們的哩程數，商人們也樂意和我分享個人的經驗與了解。當我要離開市集時，一名十歲左右的小男孩急急忙忙衝過來，塞了件東西進來，我攤開雙手，發現是一只用駱駝毛

編織的護身符，最中央綁著一塊小小的綠松石，這是地中海沿岸及撒哈拉地區常見的「邪惡之眼」，它可以保護旅人在路上不受惡意的侵擾。我懷著莫名的感動，緩步走向無人的地方，當人群逐漸散去，荒野中只剩下駱駝的呻吟、嘶鳴、吼叫與低鳴在風中迴盪。逆光中，身形緊挨彼此的沙漠之舟，翦影連綴成一座生機盎然的神殿柱廊，夕陽在高挑筆直的長腳間緩緩落下，直到第一顆星被點亮。

唯一可以堅持的存在

離開瓦丹前，我特別繞道去探訪地質學上的奇觀，被稱為「非洲之眼」的「理查特結構」（Richat Structure）。

有相當長一段時間，「理查特結構」奇異的同心圓構造，被誤認為是太古時代撞擊地球的隕石坑，經過科學家踏查尋訪，意外發現在理查特結構內完全沒有天外撞擊的跡象或證據。在柏拉圖的《對話錄》中，形容亞特蘭提斯是座「由同心圓所組成的

國家」，因此，想像力豐富的觀察者，則將這座地質奇觀與失落的古文明附會結合。

事實上，理查特結構是距今一百到兩百六十萬年前的地質活動所造成的偶然，含有巨大燧石的角礫岩、富含石英結晶的砂岩，以及強烈矽化的層疊石灰岩，各自展現不同的光學色澤與視覺質感，成為僅能從外太空才能窺看全貌的「撒哈拉之眼」。

在撒哈拉旅行，偶爾會發生超現實、難以理解的幻象。無言可喻的空白，彷彿走入時間盡頭的虛無，在廣袤的荒漠中，時間與空間感的錯置混亂似乎是一件再正常不過的事。我曾在空中看見遠方城市的投影，大街上的車水馬龍就在咫尺之外；也曾在伸手不見五指的荒山之夜，一行人被許許多多充滿惡意的呼號叫聲所包圍，好像誤闖地獄的入口，死亡就盤據在不遠的前方。我在理查特結構滿布重晶石的大地上，拾起幾支萬年前所使用過的石斧、黑曜石打磨的箭頭，可能在數十個世紀之前，它們就被使用者遺失在此，而我極可能是千百年來第一個碰觸這些東西的人。

站在巨大的非洲之眼，我們成為洪荒宇宙中，造物者眼裡不曾存在的微塵，以光年為尺度的巨大，與奈米度量的渺小對比，衝擊著迷失在時間與空間的我。諸如此類奇幻錯亂的田野經驗，讓我們的心智、意識不再維持平日的正常，它們會變得稀疏、柔軟，可以延展、拉長，可以扭曲、擠壓，達利所繪《記憶的堅持》（La persistencia de la memoria）是最能展現我們在沙漠裡的精神感受，沒有人知道自己到底會走向何方，不過，自己目前身在何處卻是可以捉摸的。或許，沒有人知道自己到底還要再走多久。不過，自己要往何方前進是可預期的，「唯一可以堅持的存在，」在一次媒體專訪中，達利神秘兮兮地告訴記者：「是我們自己的存在。」

每個人的一生，都是量身打造好的地獄，在苦痛與磨難中，唯一可以確定的，是我們自己的存在。

地球上最長的火車

在開往西海岸努瓦迪布港（Nouadhibou）的火車上，我在顛簸的搖晃中，睡睡醒醒，距離從喬姆（Choum）出發，已經過了八個鐘頭。鋪在鐵礦石上的鋁箔睡墊被銳利的岩角刮破，無論怎麼調整位置，都會被粗礪的礦石刺得鮮血淋漓。當白晝的熾熱褪去，夜溫也下降到一個不可思議的低點，即使將襪子都穿在手上，或打成結圍在脖子取暖，但還是忍不住地在冷風中瑟縮顫抖。

為什麼要千里迢迢來到茅利塔尼亞搭火車？理由簡單，從祖埃拉特（Zouérat）出發的火車，共有兩百多節車廂，全長約有三公里，重達一萬七千噸，滿載鐵礦石與煤礦，只有一節車廂為旅客服務。

茅利塔尼亞擁有地球上最長、最重的列車。

這趟從鐵礦山駛向文明港口的列車旅行，單調、無聊、疼痛、不適，日間要頂著近五十度的高溫，夜裡要忍受刺骨的寒涼。儘管如此，這仍是我夢寐以求的旅程。

火車串聯起無可取代的家族回憶，也承載對至親好友們最深的思念。來自後山的父親，與短暫成長於美侖山下的我，火車是當時唯一往返西海岸與太平洋最浪漫也最舒適的移動形式。記得一有假期空檔，老爸就會說：「走！我們回家去。」然後一家人就想方設法地擠上從高雄到台東的野雞車，然後再從台東車站換搭柴油平快，或票價再貴一點點的復興號繼續北上。歸鄉路上的想念，是住在光復的姑婆與三叔婆，志學的二叔公，以及亞士都飯店旁的爺爺，他們的笑容與問候，是縈繞在夢裡心頭久久不散的溫暖回憶。

太平洋上跳躍閃耀的金色陽光，映照在海岸嶙峋礁岩上流動的銀色月光，台東溪滾滾的灰色泥流，縱谷間在風中輕柔擺動的綠色稻浪……月台便當的叫賣、席間哭鬧的嬰兒、進出站的淒厲哨音、上下車催促的呼喊……遠山的雲霧、谷間清流的泉水、風吹過樹林的沙沙、列車行駛的匡噹、列車長驗票剪票的咔嘰……當火車靠站時，就到家了。

這是我旅行的初戀，關於移動最美的回憶。

多年來，只要有機會，在旅行途中，我都會嘗試搭乘不同形式的火車。挪威峽灣的曲折、瑞士冰河的壯闊、印度大吉嶺的蔥蘢、巴塔哥尼亞的荒涼，往返倫敦與巴黎的歐洲之星，龜速穿梭世故與天真的匈牙利玩具列車，火車不曾讓我失望。

我是自己的陌生人

當我全身被煤灰、沙塵弄得狼狽，餓到癱軟不堪時，看著火車上的年輕牧羊人，如果有羊靠近火車邊緣想要跳下去，他便用手邊的石塊砸向羊群，防止牠們集體跳下火車。當下我才明白，所有的艱苦追尋，一切的引頸期盼，到頭來，原來都是對一去不返的青春頻頻回首，對似水華年的深情凝視。

我是個對生命與自己存在高度懷疑、極度迷惘的旅行者。或許，我可以用冠冕堂皇的理由、義正辭嚴的藉口：尋找聖修伯里、保羅・鮑爾斯、威廉・柏洛茲（William S. Burroughs）、三毛、德拉克洛瓦、卡繆，甚至是伊本・巴圖塔……這都只是為了說服其他人「我為什麼流浪」而準備的說辭，並不代表這些言不由衷的辭令能夠說服自己。我和自己的影子形同陌路，我是自己的陌生人。

我以為，流浪是勇敢向前，追逐嶄新的藍天，其實，卻從未離開深深依戀的家。

十六小時的火車快跑，一千四百公里長的塵土飛揚，我在列車上橫斷沙漠，穿過旱谷、乾地、礫原與亂石，黑暗中，我看見群星閃耀的銀河，看見荒野中稀微明滅的幽冥篝火。我喜愛火車的單純、直接，起點與終點的關係是那麼地清晰，兩袖清風的孑然，說走就走的灑脫，讓人誤以為流浪是追尋自由，自己在過程中成長、自主、獨立，運用思考批判的能力，但更大的物理與心理空間，也讓我們無所適從，在無際的虛無中，感到前所未有的孤立無援，因為自己的渺小無能而心生恐懼，於是，我們離開家，逃避責任、逃避自由。

自由充滿解放的喜悅，自由也帶來矛盾的困惑。

我在火車疾駛的風中，品嘗回憶的甜蜜，與自由的苦澀。

Chapter 5

Djenne

昨日的記憶

莊嚴與嘈雜的一牆之隔

「鹽來自北方，黃金來自南方，銀來自於白人國家。
但阿拉的話語與智慧瑰寶，僅見於廷巴克圖。」
——十五世紀桑海帝國蘇丹 阿斯基亞．穆罕默德一世（Askia Mohammad I）

當最後一顆夜星尚未被晨光淹沒前，我搭上從巴馬科開往北方的慢車，再次深入沙漠。

八千多年前，撒哈拉曾經是片水草豐美的肥沃之地，古老岩刻壁畫上的長頸鹿、犀牛、大象與羚羊等各種草原動物，共同生活在這片廣袤無垠的綠意之中。今天，撒哈拉大部分地區可能好幾年都不會下雨，即使降雨，也是兇猛狂烈的暴雨。突如其來的大雨匯集成一道道蠻橫無理的洪流，恣意地在不毛大地上切割出一道道嶙峋的深壑。然後在幾小時內褪去，消逝無蹤。

我在顛簸中進入薩赫爾（Sahel）地區，從刮花骯髒的車窗玻璃看出去，豪雨所沖刷的深溝，在歲月中風化成難堪的瘡痍。薩赫爾是片寬一千公里、長五千四百公里，跨國境的乾燥地帶。它源自於阿拉伯文中的「海岸」，原因是貝都因人將撒哈拉視為一座浩瀚「沙海」，而南方外圍地帶，就成為它的海岸線。

以前，我總想像撒哈拉是由一望無際的沙丘所構成，白晝像熾熱的火爐，夜晚則凍得像冷藏庫。實際上，沙漠只占撒哈拉的百分之十五左右，而且只集中在三個區域。真正的撒哈拉，絕大部分是滿布礫石與岩屑的乾旱草原，其他還有嵯峨嶙峋的高山險峰、空氣稀薄到讓人喘不過氣的高原、陰暗幽閉的深谷、動作頻頻的活火山、沙塵暴所雕蝕的奇特巨岩，以及規模驚人的湖泊群。

齋戒月期間，在伊斯蘭國度旅行，對於流浪者的身心靈來說，是件磨人的苦差事。從日出到日落，禁食不說，滴水不進更挑戰人的意志。我看著車窗外熱氣蒸騰的大地，心想：「我是異教徒，應該沒關係吧。」悄悄拿起背包裡的水瓶與吐司……下一秒鐘，我感受來自四面八方「關愛」的眼神，鄰座頭戴圓帽的老先生、身著藍袍的年輕男子、黑袍的中年婦女，以及為數不少的中學生，視線全都聚焦在我手上的食物，某種無聲的慍怒在空氣醞釀。我抿一抿乾裂的嘴唇，識相地把食物塞回背包最深的地方。

我們的生命，都需要一處可以遠離塵囂的地方，一種可以超越自我的精神形式。不難想像，為何伊斯蘭會出現在生活如此困頓的阿拉伯半島，並且在沙漠地區。無論是繞行麥加天房的象徵姿態，或是嚴謹恪守的齋戒紀律，都有它獨特且必要的一面。

「齋戒不是挨餓，而是學習超越外在的誘惑，淨化內心。」克制、忍耐與堅持，是許多信仰中宣揚的美德。齋戒是心靈結構的包浩斯運動，透過簡素、單一無華的生活方式，讓無數信仰中的男男女女超脫肉體的磨難，信守生命的終極意義與價值。

但在外邦人眼中，齋戒是純粹的餓肚子，形而下的肉身折磨。這也就引出哲學、宗教或信念重要的面向，透過刻苦、非自然，甚至是泯滅人性的生活修煉，蒸餾純化我們的內心，並試圖接近想像中的永恆。

在飢腸轆轆的昏沉中，我抵達馬利中部的傑內（Djenné）。

根據歷史考證，座落於尼日河和巴尼河間的洪汎地帶的傑內古城，是撒哈拉以南非洲最古老的城市。公元九世紀左右，來自沙漠和熱帶雨林間的商賈在此聚會，並透過尼日河的航運，與廷巴克圖（Timbuktu）、黃金和鹽礦的貿易路線直接連接，成為薩赫爾重要貿易中心。一八九三年被法國軍隊占領後，傑內的商業功能逐漸被東北方約一百二十公里的莫普提（Mopti）所取代。今天，僅有一萬三千多人的古城傑內，是地方小農的買賣中心，沉靜的街區錯落著幾座美麗的穆斯林建築，其中包括名列世界文化遺產的大清真寺（Grande mosquée de Djenné）。

我走過塵土飛揚的骯髒街道，跳過大大小小積滿污水的坑洞，還有閃過不知道從哪

Chapter — 5

Djenne

來的驢子，終於抵達市中心的市集廣場。如果沒有這座碩大無比的建築，傑內只是一座不起眼的泥磚小鎮。大清真寺占據了市集廣場最顯眼的角落。聖所的莊嚴與市集的嘈雜形成強烈有趣的對比，一牆之隔，為生計打拚努力的叫賣聲與追求性靈成長的誦經聲此起彼落，交會出深刻又耐人尋味的文化聲景。

站在向陽側，可以更清楚地欣賞大清真寺的宏偉與巧思。

抹上泥漿，感受祝福

建築大師路易・康曾說：「每一道光，都不同於前一道光。」在傑內大清真寺的外牆，我可以細膩地感受到光線微妙的紋理變化。斜映在質樸泥牆上的陽光煥發出神聖與潔淨的感受，即使是同一側牆面，光線在每一寸泥磚所留下的印記也有所不同。我輕觸著泥牆，透過指尖，感受信仰的肌理。

直到相當晚近，成長於東方文化、接受「萬物有靈」觀點的我們，才欣賞「神聖的獨一性」（Divine Unity）的信仰之美。尤其是閱讀《莊子》，更能體會那份面對苦痛無畏的務實態度，並了解萬物皆有定數、萬事不可強求的柔軟思維。相較之下，一神信仰就顯得激進，甚至有點偏執。有些人就認為，泛靈思想可讓人有「萬物有情」的體會，而一神論的信仰堅持便顯得有點「我說了算」一言堂的霸道狹隘。

然而，泛靈論似乎是人類集體意識演進過程中必經的混沌洪荒。我們從古埃及描摹通往永生之路的《亡者之書》、漢代墓刻中各式神獸精怪，到東洋號稱擁有「八百萬神明」的神道教，都可以看見宇宙各種不同的超自然能量尚未臻至全然和諧的多元樣貌。等到身而為人的我們，開始意識到「我」是不可分割的獨一個體，隱約感受到有一股超乎想像的存在，在背後推動一切時，人類才開始轉向一神信仰。遠古時期的諸神在一神論者眼中，只是「唯一」的諸多屬性。

兼具繁複尖塔與極簡立面的傑內大清真寺，正是泛靈信仰與一神論衝突與調和後的完美呈現。

正當我沉浸在大清真寺的莊嚴與美時，背後傳來了陌生的聲音：「你知道這不是傑內的第一座清真寺嗎？」

一位綁著奇特髮辮的高瘦青年，走到身旁對我說：「這座清真寺是由石匠協會負責人伊斯梅拉．特拉約雷（Ismaila Traoré）設計，一九〇六年興建，隔年完工，曾經是撒哈拉南部最大的泥造建築。」

他指著清真寺的尖拱，「這是歐洲人的建築，不是我們的。」

實際上，傑內第一座清真寺是十三世紀時由當地蘇丹Koi Kunboro所建造，後來皈依伊斯蘭的蘇丹，將自己的宮殿改建成清真寺。關於第一座清真寺的外觀我們所知甚少，但十九世紀初傑內的統治者認為它太奢侈了，於是在一八三〇年下令建造第二座清真寺，並刻意讓第一座清真寺失修。

「哦！我還真的不知道～」他的名字是阿布，在阿拉伯文中，有「某某人的僕人」的意思。

「你對大清真寺有興趣嗎？」阿布帶我走到大門，旁邊有用法文及阿拉伯文書寫的參觀須知，「你知道前幾年有一對美國男女，在裡面做了不好的事，污衊真主……現在已經不對異教徒開放了。」

阿布是傑內石匠協會的成員，負責檢查與維護大清真寺，偶爾為觀光客講解，賺點外快。對我來說，這樣刻意安排的偶遇是有必要的，畢竟我對大清真寺一無所知。

阿布帶我到廣場旁一間小屋，那是石匠協會成員休息及碰面的地方。牆上掛滿了聯合國教科文組織人員與協會會員的合照，在相片中我找到臉孔稚嫩的阿布，手提著盛滿泥漿的竹籃，站在大清真寺的高牆下。

「清真寺的祈禱大廳，有九十根木柱支撐著天花板，你從外觀看不出來，裡頭最多可容納三千人。」厚實的牆壁，有助於清真寺內部保持涼爽。大清真寺屋頂還有覆蓋著帽子的通風口，入夜後，會有人爬上屋頂挪動草帽，讓室內保持通風。

「最有趣的，是這個……」阿布從地上撿起一片，「這是鴕鳥蛋殼，清真寺三座塔樓，每座頂部都有一個由鴕鳥蛋蓋住的尖頂。」鴕鳥蛋在非洲文化中象徵著生育和純潔。

雖然大清真寺是歐洲人設計興建，但也融合了伊斯蘭世界清真寺建築的各種元素，同時也反映出馬利人民數百年所凝鍊出來的建築理念。大清真寺它採用當地材料，如尼日河畔的爛泥、棕櫚與漂流木，融入傳統建築風格，適應西非炎熱乾燥的氣候，並與在地環境產生優雅的聯繫。這種泥造建築在馬里各地都可以找到，如果定期維護，它們可以持續使用好幾個世紀。

「過兩天是傑內的大日子，你可以留下來看看。」

第二天晚上，我加入傑內一年一度的嘉年華。

每年春天，當風吹日曬雨淋的大清真寺牆面出現裂隙時，城市都會進行一場別開生面的整修。收入左支右絀的傑內居民仍以最誠摯的心情，邀請街坊鄰居一同加入慶典的行列，整座小城的男男女女都會上街來唱歌跳舞，大街小巷頓時充滿輕快的樂音與食物的香氣。餓了幾天的我，顧不了形象地狼吞虎嚥。炒洋蔥及小米飯團是最常見的居家料理，有些大戶人家還準備剛出爐的烤餅，街坊的小朋友幾乎全都擠過去排隊領餐了，我喜歡慶典，給人「活著真好」的幸福感受。

隔天早上，阿布交給我一個竹籃，「待會就靠你了！」然後與一群不大不小的男孩一起來到河畔，在岸邊到處都注滿以稻穀與爛泥調和過後的沙漿。

「真的沒問題嗎？」

「不會有事的，真主會保佑你。」

我將竹籃盛滿，應該也有十多公斤吧！「接下來，跟著人群走。」阿布也挑了一籃泥漿，「等一下會很有趣哦！」

數以千計的人群又從河邊走回大廣場，不一樣的是，每個人手上、肩頭或背上，都有份量不一的泥漿。

接著，一名長老走到人群之前，開始祈禱，所有人也跟著跪下。

「真主說：我的意念不是你們的意念，
我的道路不是你們的道路。
我的天高過地，
我的道路高過你們的道路，
我的意念高過你們的意志。」
——《以賽亞書》第五十五章・第八至九節

我知道有些穆斯林會唸誦《聖經》或《塔木德》，因為根據歷史源流，猶太教、基督教與伊斯蘭，都信奉共同、也是唯一的真主。

不過，我還是第一次在公開場合見證兩大宗教的調和，也證明了馬利人對宗教開放寬容的態度。

當祈禱結束，另外一名身穿白袍、看起來很有份量的權威人士，爬上高台。全場乍時歡聲雷動，一會兒，他高舉著哨子，然後拿到嘴邊。

「等一下不要被嚇到喔！」阿布好心提醒，「地很滑，跌倒會很麻煩。」

在「咚！咚！咚！」三次鼓聲後，白袍男用力吹哨，「嗶～嗶～嗶～」當第四聲「嗶」一結束時，群眾發出千軍萬馬的驚人歡呼，然後數以千計的人奮力向前衝。我參加過許多有趣的節慶活動，從炸寒單爺、鹽水蜂炮，到拿雞蛋、葡萄、番茄或檸檬互丟互K的愚蠢舉動，但都沒有傑內為大清真寺抹灰的活動來得瘋狂。扛著泥漿的男子們奮力跑到清真寺牆下，然後爬上不甚牢靠的鷹架，將泥漿塗抹在清真寺上。數以千計的人們咆哮、嘶吼，在河岸與清真寺之間來來回回。女性則提著水桶，在兩側加油吶喊。傑內人相信，當我們抹上泥漿的同時，我們也受到真主的祝福。

在現場人聲鼎沸的歡樂中，我也感染了那股「不瘋魔不成活」的拚勁傻勁狠勁，跟著阿布殺進殺出。在非洲旅行，最有趣的就是永遠不知道前方有什麼在等著我們。這是一個令人敬畏、凌亂，但又細緻、充滿樂趣的節慶，透過無政府式的混亂與歡愉，提醒在場的每一個人：生命的美好，並不在於永恆，而在於我們曾經「存在」，並留下值得紀念的印記，這才是有意思的體會。

當天晚上，我在夢中，仍提著盛滿泥漿的竹籃，繼續向前衝。

地圖上的綠眼睛

離開嘉年華式狂歡的傑內，我繼續向北移動。

大約在第一個千禧年降臨的時候，一群在沙漠中逐水草而居的圖阿雷格人，從北方南下，跋涉千里，一路流浪在被稱為「千河之王」的尼日河畔。

原以為是流著蜜與奶的應許之地，沒料到卻是泥濘不堪、蚊蠅孳生的惡地，即使是過慣苦日子的遊牧民，也對這裡的生活條件猛搖頭。

「苦水之地」是圖阿雷格人給這片土地最委婉的稱呼。

在掙扎求生好些日子後，這群遊牧民終於受不了牛虻與蟾蜍的騷擾，決定北遷，另尋安居之地。「想到要離開這裡，就滿心歡喜，」根據文字記載，「如果這裡是地獄的話，那麼經文所描述的地獄，應該就是樂園。」

沒想到的是，這群人才離開沒多久，就在北方幾里外的沖積平原上，找到一口清冽甜美的水井。這個意外發現，讓人類的歷史發展有了新方向。在短暫的整備補給之後，他們決定將大型行李交給一位名為「布克圖」（Buktu，意思是「大肚臍」）的

婦女保管，並且將這則訊息告訴所遇見的其他族人。很快地，季節性洪汛才出現在尼日河上的船隊，南來北往的駱駝商旅，都知道這座獨一無二的沙漠驛站。大家都知道南方有口甘泉，廷巴克圖，其實指的是「布克圖女士的水井」。

這口傳奇水井，今天仍在廷巴克圖市區南郊。附近居民依舊以中世紀的方式，將井口塑成漏斗形狀，並修築簡易木階，方便人們走入井中取水。從空中鳥瞰，水井與圍繞著它形成的農地，幻化成地圖上青葱深邃的綠眼睛。

我喜歡這個意象，地圖上的綠眼睛。

經過十四個鐘頭的踉蹌，終於抵達中世紀地圖所標示：知識與空白的交會所在，有三百三十三位聖人守護的廷巴克圖。

市中心比想像更熱鬧些，我花了一些時間在街頭晃蕩，終於在市區一隅落腳。這是一棟十九世紀泥板屋所改建的旅館，一晚五美元的低廉價格，崩壞的屋角、剝落的牆面、沒有玻璃的窗戶、被扯爛的蚊帳、空無一物的客房，加上偶爾飛進來或爬進來的不速之客……實在想不出有什麼好挑剔的。

再怎麼簡陋的客房，只要能夠躺下來休息，都是在旅途中至高無上的享受。

尋書人的任務

第二天日落以後，我和當地的朋友哈立德約在咖啡館碰面。雖然說是咖啡館，其實就是小雜貨店門口，擺兩套桌椅意思一下的歇腳處。

「願至大無上的真主賜福於你，別來無恙？旅途平安嗎？」路旁經過的民兵少年，「咔嚓～」刻意地拉一下AK-47的槍機，並且意味深長地瞄了我一眼。

「願真主也保佑你與家人身體健康。」

幾個月前，我在亞歷山卓與哈立德結識，當時他剛結束海外研習的生活，準備回國，「如果有機會，就到我的城市來看看吧！」

記得那一天的向晚，夕陽像野火般燃燒整片天空。

哈立德曾經在馬利共和國最大的私人圖書館——曼瑪・海達拉圖書館（Mamma Haidara Library）工作，這座圖書館負責人阿卜杜・卡德・海達拉（Abdel Kader Haidara）從二十世紀八十年代開始，就開始有計畫地徵集、蒐購、整理與保存伊斯蘭黃金時代的手抄珍本。

這些被稱為「廷巴克圖手抄本」（Tombouctou Manuscripts）的古書，是人類文明史上最珍貴，卻也最被忽視的記憶遺產。

十三世紀末，廷巴克圖從原本的帳篷與茅草屋群聚的休息站，逐漸發展成岩鹽、寶石、香料、黃金與奴隸的貿易中心。日耳曼商人在此購買乳油木（Shea Butter）果脂賣給巴黎的貴婦，威尼斯人則用手工紙換取幾內亞香料，而南部的摩西人，則用象牙交換珍貴的岩鹽。

來自海洋、草原、森林、沙漠與山岳的人們，都在此發現，並且交換所需的一切。

到了十四世紀初期，廷巴克圖成為馬利帝國東疆的重要城市。

當時，馬利帝國的統治者是著名的曼薩・穆薩（Mansa Musa），也稱作穆薩一世。在曼薩・穆薩統治期間，馬利帝國文治武功臻至顛峰，國家富到流油，尤其是黃金存量，可能就占去全世界的二分之一。

二〇一二年，Celebrity Net Worth網站推算人類歷史上的二十五大富豪，曼薩・穆薩排列第一位。二〇一五年，美國《時代》雜誌發表「史上富豪排行榜ＴＯＰ10」排行榜，他也在榜單的第一位。

那到底曼薩．穆薩多有錢呢？有個小故事可以說明，就是他在西元一三二四年，從廷巴克圖出發，前往麥加朝聖，隨行人員包括了六千名士兵與五百位奴隸，奴隸們都扛著貴重的絲綢織品。此外，朝聖隊伍內還有八十隻駱駝，每匹各載負一百三十五公斤左右的沙金（總計共有一噸的黃金），作為沿途的零用錢。

當朝聖隊伍抵達歌舞昇平的開羅時，曼薩．穆薩為了慰勞大臣與士兵們的辛勞，特別發放獎勵，給每位隨行人員一袋沙金，交代大家「好好感受世俗的歡樂，洗去旅途的煩惱困厄」。同時，曼薩．穆薩自己也在開羅大宴賓客，當地的歷史學者說：「每位前來拜見的部族長老與政府官員，都收到國王闊綽的饋贈，無一遺漏。」他在開羅停留期間所送出或花用的黃金之多，導致接下來十幾年，阿拉伯世界的國際金價都處於重貶的低迷狀態。

一三七五年，製圖師柯雷斯克（Abraham Cresques）所繪製，宣稱囊括「已知世界全部」的《卡塔蘭地圖集》（Catalan Atlas）中，就將曼薩．穆薩畫成頭戴金冠、左手握黃金權杖、右手高舉金塊的土豪國王。並在註記中，酸溜溜地寫道：「這位蘇丹擁有太多身而為人不應該的財富。」

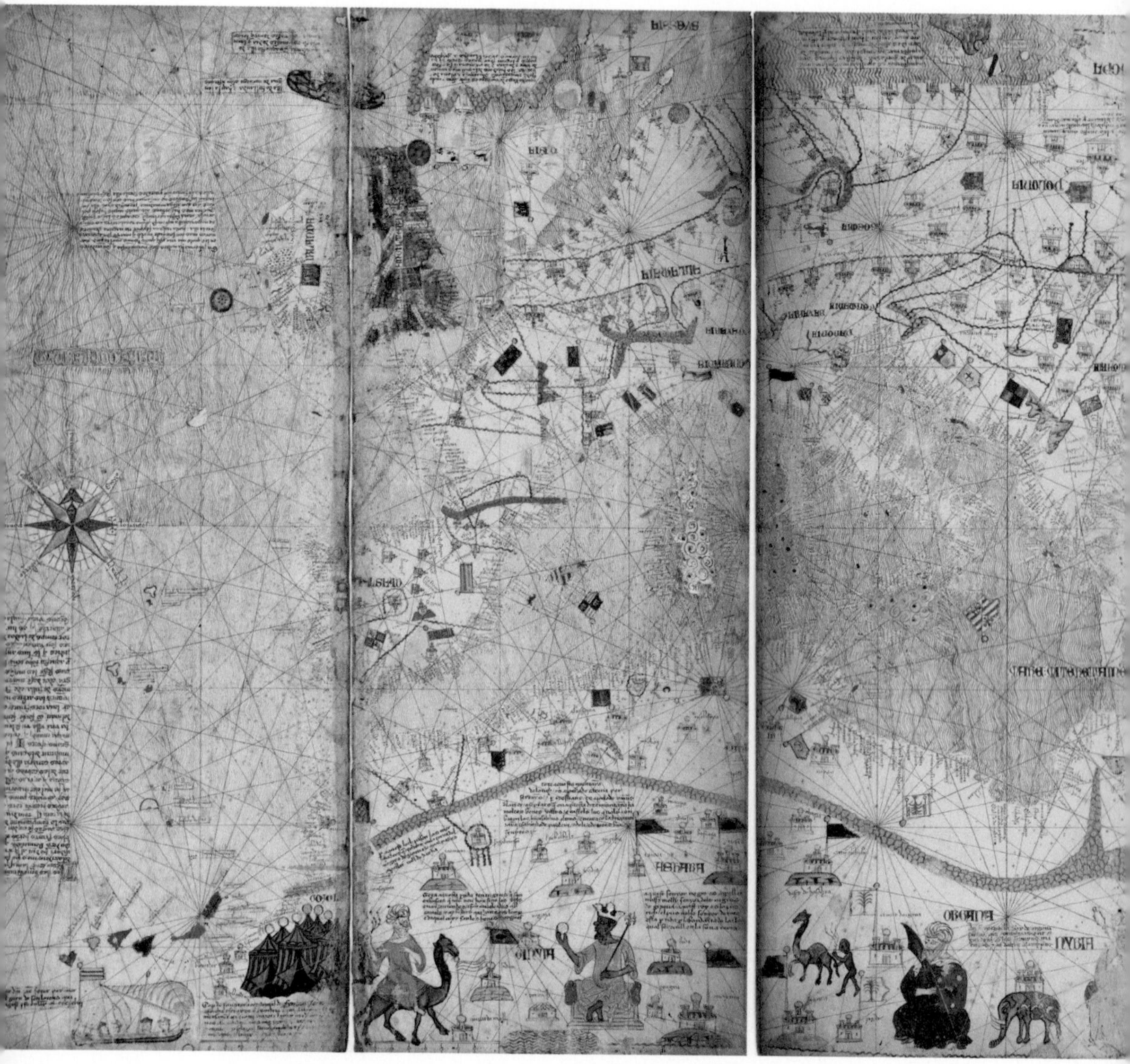

《卡塔蘭地圖集》局部。中央下方寶座上的王者，即為馬利帝國的統治者曼薩．穆薩。

不過，花錢如流水的曼薩・穆薩，也是位虔誠狂熱的穆斯林，在他任內，將伊斯蘭制定為國家信仰，並下令在全國各地興建清真寺與律法學校，「讓陽光照得到的土地，都聆聽真主的話語。」即便如此，曼薩・穆薩並沒禁絕其他宗教，反而以兼容並蓄的懷柔政策，向各方學子展開熱情的雙臂。

根據文獻顯示，廷巴克圖市區內總共有三處聖所，分別是西側被稱為「大清真寺」的津加里貝爾清真寺（Djinguereber Mosque）、中央的西迪・葉海亞清真寺（Sidi Yahya Mosque），以及北側的桑克雷清真寺（Sankore Madrasah）。

在中世紀的伊斯蘭世界，清真寺是敬拜真主、也是傳授真理的所在。「Madrasah」（مدرسة）在阿拉伯文中，就是「學校」或「大學」的意思。

這三所清真寺，後來聯合組成歷史上著名的廷巴克圖大學。

「在廷巴克圖，神奇的曼薩為所有的學子提供獎學金……」一位來自摩洛哥的詩人在寫給親友的書信中大為讚嘆：「從大西洋到紅海，合計有兩萬五千名學生，在此學習阿拉伯文、古蘭經、數學、律法、占星術與其他知識……沒有人，比曼薩更敬愛真主了。」

我在《廷巴克圖編年史》（Tarikh al-fattash）讀到一段敘事，講述一名來自突尼斯的法學教授，特意穿越撒哈拉前來此地任教，很快地，他就發現自己的學術能力跟不上廷巴克圖的高水準。結果在學期中，教授就倉皇離開，跑到摩洛哥的非茲，繼續苦讀十多年。

有高水準的學術文化，合理推論，當然也具備有過人的藏書量。實際上，廷巴克圖大學圖書館，是除了托勒密一世所創建的埃及亞歷山大圖書館外，非洲藏書最豐富的所在。

保守估計，當時的大學藏書約有七十萬冊。再加上鄰近的加奧（Gao）與古馬拉魯（Gourma Rharous），總數可能就超過一百一十萬冊。

用最簡單的數字來說明，同一時代的巴黎，藏書最豐富的克呂尼修道院，也不過一千多冊。位於義大利北部，創建於一〇八八年、有「大學之母」（Alma mater studiorum）的波隆那大學，典藏也才逼近三千冊。唯一可以和廷巴克圖相提並論的，是位於六千八百公里外、底格里斯河畔的「智慧宮」（بيت الحكمة，Bait al-Hikma）。可惜的是，它在一二五八年的巴格達之役中被蒙古軍隊摧毀，近百萬冊的書籍不是被焚燒，就是被丟進底格里斯河，長達半年時間，手抄本的墨水染黑了河水與堤岸。

僅有極少極少的書籍，躲過蒙古鐵騎的踐踏，被運到廷巴克圖，繼續保存下來。

「不過，隨著這些書越來越少，」哈立德熄滅已經抽到菸屁股的萬寶路：「現在大家只想拿它換錢……但總有些事，比錢更重要吧！」這就是曼瑪．海達拉圖書館的任務，嘗試將遺落在世界不同角落的廷巴克圖手稿，重新找到安居之所。

遺散、藏匿在各地的「廷巴克圖手抄本」，不僅在馬利境內，同時也隨著遊牧民的移動，散落在阿爾及利亞、摩洛哥、塞內加爾、茅利塔尼亞、布吉納法索、尼日與利比亞南部。

「尋找古代文獻，是艱辛的任務。」菸癮極大的哈立德，忍不住又點了一支，「而且，只會越來越困難。」

早期，這些「尋書人」會與政府部門或國外學術機構合作，組成大陣仗的搜書部隊，全副武裝的軍隊和西裝筆挺的官員開著四輪傳動的吉普車，大張旗鼓地在各地蒐書。不過，撒哈拉國家的人民普遍對政府不信任，每當有部隊來到村子，這些藏書者就像是被驚嚇的羚羊，逃走躲了起來，年紀長一點的就關上大門，拒絕與外人見面。即使找到古代手稿，也可能品相不佳，早就被白蟻、沙塵或時光所啃蝕。有時折騰好幾個月，耗費大量的物資人力，結果只找到幾百本書。

就一個與時間賽跑的任務來說，績效確實差了些。

「後來我們意識到，不可以和村民們談到『收購』，只要一提到錢，村民馬上下逐客令，並且不准我們再進村莊。」

「為什麼？」我端起咖啡杯啜飲一口，發現杯底只剩下細沙般的咖啡渣。

「金錢對於馬利人來說，是個很刺耳的字眼。請想像一下，當傳家之寶變現成為綠油油的美金時，瞬間，彷彿自己人生所重視的一切，都可以用金錢來衡量，這不是很悲哀嗎？」

「那現在都怎麼做呢？」我仍然不放棄，還想從杯底再弄幾滴咖啡出來。

「現在，我們都透過『交換』的方式，和村民溝通。」

不過，在談到正題之前，尋書人必須和村民先建立友誼，你不可以大剌剌地走進村莊，開口就要找書。「建立友誼」在非洲國家意味著，你必須要熟悉很多種語言，

Djenne

chapter 5

並且花很多時間對話、聊天。

除了阿拉伯文和法文以外，哈立德還能說些尼日河沿岸民族的方言：桑海語、塔馬什克語、倍爾語，「你必須說他們的話，然後他們才願意對你坦誠。」

幾個年輕人踢著飽受摧殘、微微洩氣的足球從我前面經過，華燈初上的小廣場，開始湧入人潮。身著藍袍的柏柏人，服色更黑的圖阿雷格人，踢球的小夥子則穿著印有辛普森家庭的二手T袖。再遠一點的所在，有幾名身材魁梧、頂著鍋蓋頭的壯漢。

「他們是美國大兵，來這裡訓練政府軍的。」哈立德若有所思地將視線投向大兵們，「越來越多激進的年輕人，聚在沙漠某個角落……他們憎恨西方的一切，也厭惡政府以及相關的人事物……這些曲解真主意志的人，有一天會變成大問題。」

不過當時並沒有人知道，幾個月後，這些自稱為「信仰衛士」（Ansar Dine）的極端主義分子，化身成為殘暴無道的文化劊子手，摧毀許多寶貴的文化遺產，其中也包括了珍貴稀少的廷巴克圖手抄本。

「所以，我們也要加快腳步……但過程總是比想像更加漫長。有些村民寧願這些傳世的手抄本在箱子裡腐爛，也不願意交給外人。」話題再兜回尋書工作，「對大部分村民來說，古代的手抄本，不過就是另一本舊書罷了！」

「那我有機會可以看看這些手抄本嗎？」我試探性地詢問哈立德。

「當然可以，圖書館本來就歡迎所有重視文化傳統的人。不如這樣，你明天來一趟好了。」

絕美之書

第二天，在晌禮結束後，終於有機會親眼見識珍貴的廷巴克圖文本。

「書是人生的保障，是關於永垂不朽的小小預告。」安伯托．艾可曾寫下這麼一段文字，「書也是記憶的見證，是對抗時間的無形建築。」艾可所說的一切，幾乎在曼瑪．海達拉圖書館得到了印證。

首先，哈立德向我展示一本傳自十四世紀的《古蘭經》。阿拉伯樹膠所調製的黑色墨水，抄寫員以端莊的馬格里比體（Maghrebi script）書寫經文。包浩斯風格的阿拉伯文透過優雅的排列組合，將真主的意志，凝鍊成俐落清晰的神聖符號。扉頁空白處則被錯綜的植物紋飾與複雜的幾何圖案所填滿，象徵永恆真福的金、富庶的紅，比天空更加深邃的藍，以蒙德里安式的線條，描繪出簡潔動人的三色鑲框。視線沿著蜿蜒曲折的線條游走，彷彿乘舟逆流而上，緩緩划進蒼鬱緻密的異界森林，不知名的花卉、悠然伸展的藤蔓、神秘主義式的枝葉，每一頁都讓人意會到世界的豐饒與偉大。手抄本《古蘭經》是形而下物質世界的象徵，也是形而上精神宇宙的呈現。

這本書是頌揚永恆真理的勝利紀念碑，也是迎戰生命困厄的凱旋進行曲。

除了《古蘭經》與《先知穆罕默德聖訓》以外，廷巴克圖黃金時代的科學文獻也十分動人。阿拉伯天文學家為了精準計算出穆斯林每日五次禮拜禱告的時間，以及麥加天房的正確方向，他們詳實地記錄天體運行的種種觀測，並且以複雜的計算，完成許多令西方世界驚奇的數學成就。

哈立德小心翼翼地翻開另一本天文學家的手抄論文，並向我說明古書上的符號究竟為何：太陽是銳利的五芒星，Hashtag的井字號是逆行的水星，代表勇猛奮進的火星看起來像是左右相反的數字7，而如原始海洋單核生物的則是象徵老年與停滯的土星。

《信地與印地天文表》以歐幾里得幾何學的「角距離」計算為基礎，處理天象測量中所涉及的海量數據。它能清楚地計算，並繪製出地球與天體的相關位置，還能準確地顯現在不同的介面上，從二維平面的天象圖、球體的天球儀，或是可隨觀測緯度及時間調整的星象盤。

兩百多年後，歐洲天文學家第谷與克卜勒，透過理解阿拉伯天文學的傑出成就修正自己的觀測紀錄，進而發表行星軌道運動的相關理論。

最後，哈立德拿出一本記錄麥加與麥地那參拜的朝聖筆記，裡頭手繪的麥加禁寺與克爾巴令人驚豔，作者細膩地畫下兩座聖城的石垣、街道、高塔、大清真寺的穹頂，遠景是漢志沙漠。

「四百年來，」哈立德輕輕闔上小書：「你是第一個見到它的東方人。」

Chapter 6

Taoudenni

地圖結束的地方

踏上鹽之路

「你們不要明知故犯地以偽亂真，隱諱真理。」

——《古蘭經》第二章第四十二節

在這古老的星球上，年輕稚嫩的人類文明，面對沙漠的宏大沉靜，總是戰戰兢兢、戒慎恐懼。定居馬格里布的柏柏人、遊牧於薩赫爾地區的圖阿雷格人、穴居的多貢人、尼日河畔的桑海人、紅海側的貝都因人，或是沿著尼羅河建立帝國文明的古埃及人，沙漠是千鳥飛絕、萬徑蹤滅的空白之地，地圖結束的地方。沙漠民族的精神世界，致力於感受並調和彼此對立的元素：天與地、日與夜、光明與黑暗、豐饒與貧瘠、生命與死亡，讓它們達到平衡，維持宇宙有序的運轉。

當然，撒哈拉嚴正拒絕人類文明的險峻姿態，人們用驚嚇與恐怖填補沙漠的空白。用清水與麵包迎接亡魂，看守死後世界入口的伊瑪特（Imentet），殘酷冷血、殺害長兄、凌辱姪子的凶神塞特（Set），掀起沙塵風暴，瞬間讓白晝變黑夜的艾亞・恩庫庫（Ahia Njoku），帶來豐收，也帶來饑饉、瘟疫與死亡的阿賽賽亞（Asase Ya）……這些無主之地上的陌生神祇，操縱猛烈狂暴的自然力量，主宰乾旱大地上苟延偷生的無知生靈。

西元前六三九年，希臘人第一次踏入北非撒哈拉，儘管只是極為短期的停留，但卻為陽光明媚的地中海文化投下難以抹消的陰影。返回愛琴海的旅人，都異口同聲宣稱，在看不到邊的沙海中，住著一種可以讓任何生物化成石頭的怪物，驚魂未定的歸鄉人稱呼她為「梅杜莎」（Medusa），沙漠的守護者。

「你看到前面那棵樹嗎？」哈立德指著駱駝隊伍的左前方，「就是那棵沒有樹葉的樹。」

那是一棵在若干年前死亡，枝幹鈣化為岩石的刺槐。

「梅杜莎」，這位來自石器時代的舊神，是所有恐懼的總和，沙漠民族刻意遺忘的暗黑過往。在希臘神話中，這位失落年代的古代神祇被半人半神的英雄柏修斯砍下頭顱，意味著理性戰勝蒙昧，文明征服野蠻。

「從這裡開始，一路到沙漠的中心，你都會看到這種樹。」

石化的樹木，與散落在荒野的動物骨骼，加深了空氣中無所不在的死亡氣息。

久居都市文明的哈立德，骨子裡流動的，依舊是遊牧民飄泊的血液，一有機會，他仍會採取古老的方式旅行——騎駱駝與徒步。所以當哈立德邀請我一同加入尋書的行列，「不過，會很辛苦。」他挑起眉毛，一副料定我會拒絕的表情，「沒有車搭，只有會耍個性的駱駝喔！」

「有何不可？Why Not？」除了有機會發現數百年來被隱藏、或被遺忘的手抄珍本，對我而言，更重要的是，能走上支撐撒哈拉貿易的古代商路，開採、運送與買賣鹽礦的鹽之路。

太有個性的駱駝

「他們的世界很簡單，這些人仍然相信世界是平坦的……」晚餐時，哈立德喝著剛煮好的薄荷茶，「沙漠的阿拉伯人會向陌生人提供最後一杯水，但是，如果你把手放在他的駱駝或女人身上，他們會毫不猶豫地殺死你。」

早在十四世紀，幫伊本．巴圖塔遊記註解的歷史學家伊本．赫勒敦（Ibn Khaldun）是如此描述：「和定居的民族相較，遊牧民更接近原始狀態。遠離城市邪惡的惰性，這些混濁早已印刻在都市民的靈魂之中……定居生活是文明發展最後一個階段，也是道德衰退的起點……很顯然的，遊牧民比都會人更接近良善。」這段論述中，隱含了亞伯與該隱二元對立的文化觀點。顯然的，殺害牧羊人弟弟的該隱，就是農耕文化嫉妒自由牧民最糟糕的示範。

二十世紀最偉大的探險家塞西格（Wilfred Thesiger）則把沙漠遊牧民捧上了天：「我知道，再也不會遇到他們這樣的自由人，充滿勇氣、耐心、毅力與體貼，忠實且慷慨。以自己的部落為傲，同時也敬重他人的尊嚴；生活拮据，仍好客地向陌生人提供溫飽……對於自己亟需的金錢，對朋友也毫不吝嗇，即使背負世代相承的血債，但面對仇敵，也不會施以暴虐。」不過他也感傷地說：「石油的發現摧毀了他們的生活，浪跡荒野的美好生活注定消失，一去不復返。」

西方人在沙漠遊牧民身上所看見的「自由」，事實上，只是他們自己從充滿禮教約束的文明社會中解放出來後，所感受到自我快樂的投射。「真正」的沙漠遊牧民，也就是十九世紀探險家宣稱「緊守僻遠的大地盡頭，規避與外界一切聯繫的民族」，或許從不存在。沒有人可以生活在完全孤絕的荒漠，「遊牧」的意思就是在季節性的肥沃中搬遷游移。後來我才明白，真正的沙漠民族，無論阿拉伯半島的貝都因人，遍布撒哈拉全境的圖阿雷格人，或是在阿爾泰山與戈壁間流浪的蒙古人，本身很少吃肉，主食是小米、麵包與椰棗，這些農產品是從城鎮或綠洲，與所謂的「都市人」貿易交換來的。

「沙漠牧民之所以定居下來，並不是因為我們沒通過沙漠的考驗。」在野營用的汽化燈映照下，沙漠顯得特別溫柔，哈立德繼續說道：「生活條件好的時候，我們就擇地安居，種些東西，養幾頭羊，讓生活寬裕一點。相反的，乾旱、瘟疫、天災，

或是繳交不起的嚴苛重稅，生活充滿困難時，大家長就會站出來說『我們走吧！』然後再一次，整個家族會披上流浪的外衣，掛上象徵方向的十字架，走進沙漠，直到找到更好的生活。」

接下來幾天，我們或牽或騎，四個人，帶著七隻駱駝，繼續前進。

這是我在環繞撒哈拉的旅程中，第一次騎駱駝，也是最久的一次。根據哈拉德的計畫，隊伍將前進至古代鹽都陶代尼（Taoudenni）附近，有好幾個圖阿雷格家族，剛從北方的阿爾及利亞南下，「他的姓氏告訴我，可能和過去廷巴克圖的學者世家有關，拜訪他們，應該會有點收穫。」

哈立德告訴我，如果要從這些對外人充滿警戒的圖阿雷格人取得信任，就必須低調行事：「不能讓他們予取予求，覺得我們很有錢。」所以隊伍不可以開車前往，「遠離水路的地方是最辛苦的，我們只能靠駱駝

或驢子，這會讓旅程多好幾天，甚至好幾個禮拜。」但這種做法的確能取得遊牧民的好感。

即使在沙漠旅行許久，對於「騎駱駝」仍然有孩子氣的浪漫幻想。電影《阿拉伯的勞倫斯》對我產生深遠的影響，會作為一名旅行者，或多或少受到彼得．奧圖在劇中身披阿拉伯白袍，騎著駱駝率領士兵衝鋒陷陣，英姿颯爽的模樣所感召：

「有一天，也要這樣試試……」我用勞倫斯的話告訴自己：「真正危險的人，是那些睜開眼睛做夢的人，因為他們會在日常中實現。」

實際和駱駝相處時，才發現自己好傻好天真。

駱駝是「太有個性」的動物，像貓，我行我素，很容易鬧彆扭。牠們開心會笑，不爽會吵，得理不饒人的會大聲嚷嚷，受委屈或驚嚇的會號啕會流淚。有時候踩著輕快小碎步奔跑好幾個小時不休息，有時則嘆著氣，拖著沉重步伐，緩緩前進。最可惡的，是對著我的臉大聲打嗝，然後若無其事地繼續反芻薊秣，一整晚發出「嘖～嘖～嘖～」的喇牙聲，或是「咔啦～咔啦～」的舔舌聲，十分惱人。

除了是交通工具外，駱駝對於沙漠遊牧民來說是很重要的資產：駱駝奶可以飲用，香草味的駱駝尿可以洗頭髮，或為新生兒洗禮，而且對付寄生蟲相當有效。駱駝的毛和皮是編織服飾、製作帳篷、水袋、皮帶和鞋子的原料，駝糞可以升火。在最緊急的時候，遊牧民會喝下駱駝胃部所分泌的混濁酸苦的液體，增加絕地求生時存活的機率。

在照顧駱駝的工作日常中，最辛苦的，是從三十公尺深的井中打水，滿足這些彷彿沒有極限的喝水妖怪。當駱駝聞到水的氣味時，當下搖身一變，爭先恐後，好像週年慶搶優惠殺紅眼的男女們般令人害怕，搶到水的，呼嚕呼嚕兩口就喝完一桶，續杯的速度比討債的還急。搶不到水的，會在旁邊哀號，有的還會動手動腳，用頭頂，用牙齒咬，修養差的，就會對我吐口水，「不要被噴到眼睛，會瞎掉！」一起打水的少年笑著跟我講：「下次打水記得，你一次只能餵一隻喔～否則你會被駱駝討厭。」

除此以外，大部分時間中，駱駝都算是有趣的伴侶，當我和夥伴坐在黑暗的荒野中，交換一個又一個故事時，這些毛茸茸又充滿強烈氣味的動物都會過來湊熱鬧，不斷地點頭晃腦，好像真的了解些什麼似的。

血色大軍來襲

每天牽著駱駝走兩小時，然後再騎駱駝兩小時，用如此節奏交換，一路北行，直到暮色蒼茫，或是駱駝們不想走，拖也拖不動的時候。第六天，尋書隊伍抵達廷巴克圖東北方兩百四十公里的阿勞安（Araouane）。從中世紀到現代，往來撒哈拉的鹽商們都會在此地交易，當米開朗基羅在西斯汀禮拜堂畫下《創世紀》的同時，阿勞安發展成為伊斯蘭學術中心，即使在阿拉伯世界，地理學家，製圖師對此地仍有無限遐想：「城壘、牆壁、天花板、廊柱……整座城都是用鹽礦做的。」曾經造訪此地的旅人們以熱情的筆觸寫下親眼目睹的奇蹟：「連門都是，將裁切下來的鹽板，包上一層防止碰撞剝落的皮革，再小心地安放在門邊……隨意挖開地面，下面都是鹽塊……這裡長不出東西來，也沒有任何動物想在此地停留……如果有動物死掉了，把牠們丟到沙漠，也會變成鹽。」

阿勞安所在的地區，是撒哈拉另一片被稱為「塔內茲魯夫」（Tanezrouft）的荒瘠地帶，將近半世紀沒下雨，真正的不毛之地。不過，讓我意外的是，竟然有近百名鹽工住在此地，繼續開採鹽礦，賺取微薄的薪資。

「這麼辛苦工作，」我問哈立德：「他們一年可以賺多少？」

「這麼多人不眠不休地工作……」哈立德槓擺拇指、食指與中指，「八百美金，就是他們所有人加起來一年的收入。」

當天傍晚，當我們在屋內躲避炙烈陽光時，突然聽到戶外傳來突如其來的聲響。

啪噠、啪噠、啪噠、啪噠、啪噠、啪噠、啪噠、啪噠……

是下雨嗎？當我們走出屋子時，著實被狠狠嚇了一跳。

如雨水般從天傾瀉而下，鹽板屋頂、帳篷、廢棄卡車、駱駝身上，到處都有大得嚇人、比手掌還寬、胖嘟嘟的紅色蝗蟲。

乘風而來的蝗蟲大軍，看起來像是血色雲霧，一批又一批地從地平線的彼端飛了過來。蝗蟲振動薄翅的嗡嗡聲，在空氣形成某種怪異的震動低頻。落在沙地上的蝗蟲，鋪成色彩斑駁的紅色厚毯，眼前的畫面就像是波希（Hieronymus Bosch）的畫作一般，魔幻、美妙、不可思議，卻也微微地噁心。四處爬行的小惡魔，所經之處，所有的綠意都被啃食抹消，當然，本來這裡就沒有什麼綠色植物。阿勞安的大人與小孩們，全都丟下手邊正在做的事，一起到戶外收集蝗蟲，家家戶戶都拿出尺寸不一、大小與材質都不一樣的袋子出來，瘋狂地將戰利品往裡頭丟。

晚餐時，沙漠已看不見蝗蟲大軍的蹤影，彷彿不曾來過，從未發生般讓人精神錯亂。唯一不同的地方是，空氣中彌漫著某種我不熟悉的香氣。鹽城內所有的爐灶都點燃，家家戶戶升起幸福的炊煙。大人與小孩們圍在爐邊，就著搖動的火光，先拉掉蝗蟲的薄翼，然後再扯掉長滿鋸齒的腳，最後串上粗鐵絲燒烤，放點鹽，再整隻咔吱咔吱地吃下，「放心，牠們是乾淨的動物，」哈立德啃掉蝗蟲的頭，「千百年來，這裡的人都是這麼過日子。」

說真的，我個人比較偏好烤過的蝗蟲，外表酥脆，裡面吃起來像是包了高麗菜餡，有些則帶有甜菜根的土味。水煮蝗蟲則像是沒有味道的玉米筍，或是煮過頭，而且也沒味道的菜頭。無論是哪一種調理方法，天天吃的話，我想也是會厭的。

隔天上午，成堆成堆的蝗蟲平鋪在毒辣的陽光下曬乾。同行的駝伕也弄了好幾大袋，塞得滿滿的乾蝗蟲。所有人都只是興高采烈地吃了兩餐，然後就累了。剩下來的，阿勞安的居民會小心保存，蝗蟲的出現，意味著乾旱與饑荒還沒結束。

我們循著蝗蟲來襲的路線，繼續北上。由於塔內茲魯夫地區本來就是撒哈拉最貧瘠的所在，即使蝗蟲過境，也不至於嚴重成災。如果相同的事件發生在馬達加斯加、馬拉威或是埃及就不堪涉想。對於沙漠的遊牧民來說，所有帶來破壞與死亡的東西，必定也帶來新生與創造。在撒哈拉，蝗蟲過境似乎不算是件太壞的事，狐狸、烏鴉、禿鷲、鸛鳥、灰頸鷺等掠食動物，都會追逐那片飄忽的紅雲。而且，曬乾過後的蝗蟲，連牛、羊、驢子與駱駝也嚼得津津有味。數以萬計的沙漠遊牧民，靠蝗蟲度過饑荒，在生人勿近、非誠勿擾的沙漠地區，過境的蝗蟲也是一種恩賜。

最貧瘠的所在，最純粹的信仰

流浪，是將自己的寂寞，寫成動詞。以相同時態連接過去、現在與未來，沒有修飾或加強的副詞，沒有描述狀態與屬性的形容詞，寂寞的所有格沒有單複數形式，也沒有命令，沒有感嘆。漫無目的的流浪，將靈魂蒸餾，最後，只留下澄澈、純粹的孤獨。

行走在沙漠，正像是將自己混濁的人生，放在其中加溫、汽化、冷凝的蒸餾過程。在日復一日的前行中，慢慢地，對於自己所有的一切，沒有失落，也沒有期盼。回想起來，我們的意識退回語言沒被符號化、人生尚未概念化的初始狀態，不就是旅人的追求嗎？

在接近陶代尼的路途上，我們遇到幾個逐水草而居的圖阿雷格家族，哈立德總會過去聊聊，查探是否有藏書的可能，有些家族緘默守口，有些則慷慨地秀出家傳之寶，大部分是十九世紀以後來自開羅、馬拉喀什或非斯的精裝本古蘭經，雖然也是珍本書，但不在曼瑪．海達拉圖書館的徵蒐項目之中。走了將半個月，只有幾冊手

抄本被徵收。

當然，都是團隊用好多好多羊換來的，「在他們眼中，羊比書更值錢。」哈立德笑著說。

歲月的風沙

「可以讓我看一下嗎？」哈立德用誠懇的語氣請求：「我們不會摸，就看看而已。」

「這是為了我的族人所保存，」戴藍色頭巾的老先生，義正辭嚴地拒絕我們，「我沒有資格決定。」

「真的不行嗎？」

「絕無可能。」

老先生有好幾個木箱子，聽他的族人說，裡面有極其珍貴的手抄本。從抵達陶代尼的第一天，團隊就和族長不斷地來回拉扯。長老沒有允許，其他的圖阿雷格人都不敢吭聲。在每日無功的徒勞之後，我在這座比阿勞安更古老的鹽城走走看看。

千百年來，礦工們在陶代尼古老的鹽湖遺址上，以光滑堅硬的木棒與粗糙的鐵器挖坑，礦工先清除一塊五乘以五平方公尺的空地，然後向下挖掘，在此之前，還要刨開深達一點五公尺的紅色黏土覆蓋層，然後再清除幾層劣質鹽，最後才會達到高純度的鹽層。工人小心地將鹽切割成面積如Ａ２紙張大小、厚度約五公分左右的鹽板，每塊重量差不多在三十公斤左右。當礦坑的鹽板開採到結構安全的臨界時，工人們就會放棄，然後另起爐灶，重新開始。

如此的開採工作已持續千年，因此，今天的陶代尼被數以萬計的鹽坑所包圍。尤其是鹽城的西南偏西的方向，坑分布更是驚人。遷徙來到陶代尼的圖阿雷格人，其實就是岩鹽最主要的大盤商與運送者，在撒哈拉不同角落，仍有許多現代陸上交通工具無法抵達的地方，住著與現代文明生活有相當距離的古老部落。往來穿梭的駱駝商隊，負責運送維持生命的鹽，給所有需要的人與牲畜。

根據伊本·巴圖塔的《遊記》所述，在陶代尼北方，還有另一座被廢棄的鹽都。坦哈撒（Taghaza），這座有史以來最奇異的鹽城，是由雪白的鹽所搭建而成，其中還包括了幾座精緻華美的清真寺。直到十九世紀，西方探險家才發現確認這座城市的存在，歲月的風沙，讓潔白晶瑩的鹽板蒙上塵土，實際上，旅行者筆下刻意美化的鹽都，可能只是一座處境悲慘、衛生條件不佳的勞動營。過去住在此地的礦工，有很高比例是強制勞動的奴工，他們完全仰賴駱駝商隊的補給，維持最低限度、但毫無尊嚴可言的生存權。

我拿起一塊岩鹽，仔細地在陽光下看看它的紋理脈絡。它的邊緣磨蝕得很平整，像是一塊用過的肥皂。古代人相信鹽有神奇的力量，帶給人們瑰麗的妄想。羅馬人形容男人好色（salax），意思就是「加了鹽」的狀態。後來Salax就成為「好色」（Salacious）的字源。羅馬軍團有時也把鹽塊當月餉發給士兵，這便是「Salary」（薪水）的由來，後來也延伸出「Worth his salt」（稱職）與「earn his salt」（賺錢）這兩個片語。拉丁字根的「Sal」（鹽），後來轉化為法文「solde」，意思是「買賣、付錢」（sale），也正是「Soldier」（士兵）的來源。

非洲人不喜歡純白的鹽，「因為那樣的味道太無聊了，只剩下鹹，加多一點，就只是更鹹。」一位來自塞內加爾的朋友告訴我，「不同的料理，就要用不同的鹽。」

尋書隊伍和老先生拉鋸三天後，不知道為什麼，族長退讓了，終於答應為我們打開箱子。

當開箱的那一刻，現場從緊張的高度期待，頓時跌落泥濘，大家不約而同嘆了一口氣。木箱內的手抄本，沒一本是完整無缺的，有些碎成紙屑，有些更化成更細的粉末，白蟻、高溫、細菌與塵土，會加速手抄本的損壞。老先生先是愣了一下，然後懊悔地扯下頭巾，向我們坦承，上次打開的時候，小兒子才剛出生，那差不多是二十二年前的事。

Chapter —— 6

Taoudenni

最後，族長的眾多箱子裡，只有五本書還算是完整地被保留下來。雖然，這邊落空了，但生命把這扇門關起來的時候，還好沒有順便把另一扇窗也關了。其他的圖阿雷格人紛紛解除警戒，更為我們敞開友誼。

「你們可以過來一下嗎？」一位住在破舊帳篷的中年男子，向團隊招手。

我們在男子的帳篷聊了許久，發現他連一杯水都請不起。哈立德請隊員回營地拿些吃的東西過來。自然而然，話題就繞到手抄本上來。

「我沒有什麼了不起的東西，都是不值錢的老傢伙。」

「那我們可以看看嗎？」

「可以，有何不可？」

我們小心翼翼地閃避射進室內的陽光，將單身男子的箱子打開，有好幾本傳自十五世紀、做工精緻的《古蘭經》與《穆罕默德聖訓》，貼上金葉的封面字樣，最特別的是，經文是以誇張線條與角度分明、源自伊拉克庫法（Kufa）的「庫法體」（Kufic）所寫成。庫法體是納巴泰文字（Nabataean）的變形，我在約旦粉紅之城佩特拉看過這種文字。它是阿拉伯文書寫變體中最重要的文字，字母造型簡潔，垂直方向線條短小，而水平方向卻很突出。

庫法體通常出現在塞爾柱（Seljuk）硬幣、紀念碑，以及奧斯曼帝國早期的硬幣上。庫法體強烈的裝飾性，讓它成為土耳其共和時期之前，公共和民用建築最常見的裝飾元素。目前伊拉克與伊朗國旗上的文字，也是以現代的庫法體設計裝飾。

此外，庫法體可以化約為非常簡單的矩形方塊，因此，也廣泛地運用於瓷磚的拼貼藝術之中。在伊斯法罕，著名的伊瑪目清真寺，整座建築物所覆蓋的瓷磚，上面就以庫法體拼寫九十九種聖名。

男子手上百分之七十以上的手抄本都是由非本地的字體完成，代表它們是從外地流傳進來，最有可能，是從什葉派聖地卡爾巴拉，或大馬士革流傳自此。

男子告訴哈立德，這些書不應該留在他手邊，也不應該在沙漠流浪，「它們值得更好的所在。」哈立德堅持要付錢給他，但男子就是不肯，「記得，給這些書更好的地方。」

男子告訴我們，這些在家族中流傳許久的手抄本，祖先就有規定，無論怎麼搬遷，身分如何變化，都要善待這些書。必要的時候，把它們託付出去，給更有能力守護

的人。「我找了好久，等待了好久，終於實現了。」

在小心清點過，這段旅程共徵集一百一十八冊重要的手抄本，其中大部分是受託寄贈的。這是一趟精神與物質都收穫豐碩的旅程。最令我感動的，並不是親身參與古代典籍的追尋，而是看見沙漠牧民的堅毅與樸實。夜晚，我在星空下漫步，想起美國作家懷爾德（Thorton Wilder）的一段話：

「在所有的天賦中，良善的青澀期最長。」

我們所信為何？究竟值不值得為它堅持到底？如果我們長於蒙昧，我們會相信理性的力量嗎？對我而言，將祖先傳下來的珍寶交付出去，本身就是有智慧、勇敢且無私的付出。

真正的良善，是在苦難與貧困中成長後，依舊堅定地相信。

在撒哈拉最貧瘠的所在，地圖結束的地方，我遇見生命最直觀的單純，與最純粹的信仰。

Chapter 1

Agadez

黑暗之心

我們能走多遠？

「生命的問題似乎太浩瀚，不是狹隘的人間語言所能容納。於是，大家一致同意不再過問，將它全盤託付給無垠的大海……大海是無所不知的，總有一日會揭開帷幕，讓每個人都能看透，那隱藏在謬誤背後的智慧。」

——康拉德《黑暗之心》

行駛在荒漠中的Volkswagen巴士，有如大海中的一艘破船，沿著地圖上的虛線，筆直地朝日出的方向奔去。

「開太快，引擎會受不了。」司機回過頭來，露出尺寸驚人的黃板牙，「而且，輪胎會破……可是會炸成碎片那種。」

熱風吹過的荒野，撩起一陣陣飛沙。輪胎急馳輾過粗糙地表，發出規律的白噪音，走了三個多小時，方圓百哩內，我們是唯一的車輛。

「坐在動力機械上移動，是一種令人嘆為觀止的失憶狀態。」我在一本尚·布希亞（Jean Baudrillard）的訪談錄《明天是你餘生之年的第一天》中讀到，「眼前的一切等待旅人的發掘，所有的一切也在轉瞬間從記憶中消失。過度的距離、難以抗拒的

速度，以及前方無窮無盡的不可知，構成了公路旅行的特質。」

唯一需要在乎的問題是：我們能走多遠而不崩潰？

過去一週，懶洋洋的我窩在首都尼阿美（Niamey），漫無目的地東晃西晃。那裡有枯燥無聊的官樣建築、精采可觀的恐龍化石、熱鬧非凡的夜間市集，還有多得嚇人的小孩。

「這裡為什麼這麼多小孩？」

「什麼？」

「是錯覺嗎？我覺得尼日的小孩子好像特別多！」

「真的嗎？每個地方不是都差不多。」

所有境外旅客抵達尼日，對街頭生活最感驚訝的，就是無所不在的童工。聽說，首都尼阿美是全世界生產率最高的城市，十五歲以下的人口多得嚇人。每個婦女平均會生下七個孩子，但每七名孩童就有一個在五歲前夭折。換句話說，幾乎每個媽媽都會面臨失去孩子的悲痛。

活下來的孩子，會面臨其他更嚴苛的挑戰——上街討生活。

這些臉孔、身形都相當稚嫩的男孩女孩們，可能還揹著弟弟妹妹，就在巴士站向旅客兜售電話預付卡、拉行李、為商譽可疑的旅館拉客、在餐廳門口擦鞋、照顧小吃攤或涼水攤、在農地及果菜市場也會看見孩子們與婦女一起工作的畫面。

當其他國家同齡的孩子，可能都還泡在電玩或網路影片中玩樂時，尼日的孩童們，已經在街頭求生。

男人，都去哪呢？

「男人很重要，他們都聚在一起討論大事！」

「大事情？」

「是啊！像是怎麼賺錢，球賽要押哪支隊伍？在塞內加爾、奈及利亞或埃及哪裡有工作？」

「小孩都不用上學嗎？」

「上學？不用啦，我小學也沒唸完！現在也過得很好啊！」

生養眾多的尼日，卻也是全世界教育普及率最低的國家。根據最近一次的統計，只有二十八・七%的國民識字，更精確數字是，男性為四十二・九%，女性則為十五・一%。在尼日，小學六年義務教育的入學率和出勤率都很低，特別是女孩們，大概只有兩成的女童有機會進到學校。

不過，真正完成小學教育的孩子中，有六成是男孩，因為大多數女孩，極少上學超過三年。這些孩子才剛識字，就被迫外出工作分擔家計，特別是種植或收割期間，學校的孩子可能全部缺席。

「像我們，住在北部的（圖阿雷格人），是不上學的，」司機朝外啐了一口，「上學會變笨，你不知道嗎？」

地球上最荒涼的土地

正如同其他非洲國家一般，筆直的國境線取代自然或部族的疆界，尼日是由一連串不幸偶然所組成的國家。殖民帝國巧取豪奪的貪婪，黑心商會、跨國企業的勾心鬥角，再加上統治的無所用心，讓劃分在名為「尼日」的土地範圍內，近四分之三的土地是貧瘠、不利於耕作的旱境土（Aridisol）。但更不幸的是，國境往南或往北幾公里，地下就有礦藏量驚人的油田，但那已經是屬於利比亞或奈及利亞的財富，尼日國民無福消受。

尼日成為世界上最低度開發國家，也是人類發展指數排名最低的國家。生活在此的人，注定貧窮，只能挨餓。

在全世界歌頌撒哈拉的壯麗與絕美的同時，都忘了最重要的事，在這片地球上最荒涼、貧瘠的土地上，還有兩億八千萬人在此掙扎求生。

我懷抱著詩與浪漫走入撒哈拉，卻發現真實且殘酷的生命真相。

在前往阿加德茲（Agadez）途中，車子在一座地圖上沒有名字的小村落休息。說是村落，其實只是三兩間稻草鋪頂的泥磚屋，屋外有兩隻瘦弱的羊，沿著柵欄，焦慮地走動繞圈。

「什麼事讓妳最開心？」三十歲左右的阿伊莎，是十一個小孩的媽媽，正為巴士乘客準備餐點。我想要多點了解，關於觀光客看不見，或視而不見的尼日生活。

「我自己可以吃得到東西，每個小孩也可以吃飽，我就很開心了。」阿伊莎的孩子們站在一旁，每個都以哀傷的眼神，盯著媽媽手中正在處理的食物。

「為什麼？生活很困難嗎？」

「不知道，我和我先生已經很努力、很努力工作了，但我們還是很窮。」

「為什麼？」

「這裡已經二十幾年沒下雨了，土地種不出東西。」

「為什麼不搬家呢？」

「有，我們一直搬家，但因為我們是城外出生的人，政府不讓我們進城。」

「為什麼？」我用鐵條撥一撥悶燒出煙的木頭，這是我在尼阿美市集花一塊錢美金買來的柴火。

「我們沒有身分，政府沒把我們當人看。」小女兒走過來伸手拉拉媽媽的長袍，但無動於衷的阿伊莎，繼續將小米倒入鍋中，「因為沒有身分，小孩子沒辦法上學。」

「難道都沒有辦法嗎？例如說寫表格申請……」

「我和先生，除了自己的姓名外，都不認識字。」阿伊莎繼續攪動鍋裡半熟的小米，「因為我們是圖阿雷格人，寫了也沒用。」

「為什麼沒用？」我想不透這層道理，「只要妳是圖阿雷格人就不行嗎？」

「政府看不起我們，」阿伊莎面無表情地說道：「他們恨不得我們離開這個國家。」

我發現撒哈拉南部國家，只要到首都圈以外，走到哪裡都會聽到或看見對中央政府程度不一的忿怒、失望與不滿。在《論語・季氏篇》中有「不患寡而患不均，不患貧而患不安」的敘述，後世傾向解釋成，當社會資源分配有失公平，或國境內動盪不安時，這才是統治者最應該擔心的事。除了國內詭譎情勢外，強國們自行其是的干涉，「恐怖主義」、「流氓政權」、「邪惡軸心」、「失敗國家」成為西方媒體怵目驚心的新聞標題。透過扣帽子式的標籤，給予有心人士上下其手的機會。但這些標籤本身就具有太強的對抗性，及自我感覺良好的道德優越。打著救萬民於水火的「人道干涉主義」，實際上一無是處，我在撒哈拉的旅途中，已見過太多太多貧窮，以及更多更多難以想像的貧窮。

人道主義的國際援助在哪裡？

「你有信仰？你相信神嗎？」這次換阿伊莎採取攻勢，出乎意料的直球。

「我不知道，這個問題對我來說太難了。」

「我相信神，」阿伊莎終於抬起頭來：「所有的事都是神的安排。」

「所以，是神讓妳沒東西吃？」頓時我的心中充滿了疑惑，「神會這麼對善良的人嗎？」

「我不會沒有東西吃啊！」阿伊莎驚訝地看著我，「有時候有，有時候沒有，每當我和孩子有東西吃的時候，我都滿懷感激。」

「所以，妳接受神給妳的安排？」

「有些人快樂，有些人受苦，有些人富裕，有些人貧窮，神賜給我們這樣的命運，我們就要接受它。」阿伊莎伸出手來，溫柔地捧起小女孩的臉，「只是孩子們吃不飽時，我好難過。」

飢餓是生物無可避免的生理現實，吃了還會餓，餓了就要吃，就像日落月升般理所當然，絕大部分自然界的動物，一天超過四分之三的時間用來覓食。身處後工業文明的我們，絕對不會花上這麼多時間找飯吃，相對的，征服飢餓的閒適，利用多出來的時間來創造，正是文明的表徵。我們花越少時間覓食，彷彿越文明，越有人性。相對的，如果我們和動物一樣，將所有時間投入填飽肚子的活動，似乎就離人性與文明更遠了一點。飢餓感越重，人性就越貧乏，當災難性的饑饉發生時，剝樹皮刨草根，甚至易子而食的悲劇就會發生。

飢餓，是人性的天敵。

在撒哈拉流浪的這段期間，沙漠以絕對的遼闊與無可抗拒的美征服了我。野性與自由，是貫穿著這萬里路不變的主題。但是，真正改變我的，並不是風花雪月的浪漫想像，而是沙漠它純粹、刻苦、嚴峻，被現代世界排擠的秉性，以自己未曾察覺的方式，一點一滴地滲進我充滿裂隙的靈魂。

紫色人民的土地

越接近撒哈拉的中心地區，它的異質越發令我毛骨悚然。如果，我生活在二三一九年，或許就能到月球或火星去探險。但二十一世紀的今天，身處於地角天涯的撒哈拉，彷彿被放逐到內太空的異世界。這片路過的偏遠殘蕪，讓「為者常成」、「自力更生」，甚至是「人定勝天」這些浮誇虛胖的字眼毫無意義。在這座人口過剩的星球，撒哈拉不利於文明發展的荒瘠，蠻橫無情地將我們排拒在外。

但正因為它是如此地艱難險阻，才能保有數百萬年的寂靜。除了真正的沙漠之外，我們永遠無法意識到相同的寂靜。在無限風光的險峰，在喜怒無常的大海，我們所感受的寧靜都不一樣。浸潤在這無限延伸的寂寥中，我們可以窺視生命的初始與意義，甚至超越死亡的偶然與必然。也許這說明了為什麼，哲學家、神學家都偏愛沙漠偉大的沉靜。

只有真正穿越過沙漠的人，才可能了解其中的意義。

從尼阿美出發後三十三小時，終於抵達古城阿加德茲。

在撒哈拉的心靈地圖中，阿加德茲占有重要地位，座落在崇山峻嶺與千里平沙之間，它除了是縱貫與橫斷沙漠的運補中繼外，更重要的，此地是圖阿雷格人的文化原鄉和精神首都。圖阿雷格人就是《聖經》中迦南人的祖先。「迦南」的原意是「紫色人民的土地」。不尋常的綽號是源自於圖阿雷格人不僅用藍色植物為衣服染色，更將藍色顏料擦在皮膚上。在上古時代，「藍色」及「紫色」共用「Phoenicia」這個字詞。圖阿雷格人的金屬與皮革加工既實用也很有名，許多家族都有代代相傳的「圖阿雷格十字架」。

二十世紀的最後十年，這座小城意外地發展起來，主宰下個紀元的稀土與鈾礦，帶動區域性繁榮，也帶來了意想不到的變化。

阿加德茲曾經是蓬勃發展的旅遊業重鎮。觀光客在此參加昂貴的套裝行程，騎駱駝、荒地野營、烤全羊大餐，聽聽導遊講述他們自己也不相信的沙漠鬼故事，然後返回舒適便利的消費文明，或許某天，和朋友聊天時，拿出相片，向朋友炫耀自己神猛威武的探險之旅。但是，隨著武裝團體和恐怖分子在馬里和尼日爾貧瘠的北部地區開展行動後，在安全環境下追求刺激的觀光客消失殆盡。長期待在泰雷內沙漠（Ténéré）中擔任導遊的遊牧部落成員，爭先恐後地尋找新的工作機會，但在荒涼的乾涸大地上，「新的工作機會」是不存在的。隨著移居城鎮的圖阿雷格人增加，讓許多人轉向走私。

為了瞭解阿加德茲的陰暗面，我已經在阿加德茲的小巷子裡徘徊了幾天，當我遇見薩米爾時，他正在幫白色豐田皮卡更換輪胎，一旁的空地還有二十多人在睡覺或喝茶。我每天請他喝兩瓶可樂，薩米爾則告訴我想知道的事情。

「它是穿越撒哈拉最可靠的汽車，」薩米爾指著布滿刮傷的皮卡，「沒問題的。」

「這輛車可以載多少人？」我指著皮卡，「十五人？」

「三十人，」薩米爾說：「後車卡還要放三桶備用汽油。」

「他們要去哪裡？」我拉拉卡車後車斗旁簡陋的木頭車架，「埃及嗎？」

「不，」哈哈大笑的薩米爾指著北方，「付比較多錢的是去歐洲，付的錢比較少的是去利比亞，他們要去那裡挖水，你沒聽說過嗎？」

後來我才知道，薩米爾所說的「到利比亞挖水」，就是被格達費稱為「世界第八奇蹟」、簡稱GMMR的「大人工河計畫」（Great Man-Made River）。簡單地說，積極在沙漠中開採石油的北非國家，意外發現，包括蘇丹西北部，查德東北部，利比亞東南部以及埃及大部分地區，地底下有塊面積超過兩百萬平方公里，被地質學家稱「努比亞砂岩含水層」（Nubian Sandstone Aquifer System，簡稱NSAS）的地下水系統，是地球上已知蘊藏水量最豐富的石化水（Fossil water）礦床之一。在狂沙萬里的乾燥區域，NSAS為許多綠洲與深井供應源源不絕的純淨淡水。狂人之所以為狂人，是因為他會去執行許多正常的乖寶寶不會去做的事，以格達費的例子來說，如果可以將地球上最大的地下淡水庫的水抽上來使用，那麼利比亞將是地球上最綠意盎然的國家。

於是，從一九八四年開始，利比亞政府就投入天文數字的資金開採地下水。共分成五階段進行的「大人工河計畫」，地下輸水管道全長超過三千公里的地下水道，一千三百口深水井組成，最深超過五百公尺，每天向的黎波里、班加西、蘇爾特等地的城市供應六百五十萬立方公尺的淡水。

「大人工河計畫」是目前地球上最長、也是最大的人工灌溉系統。

因此，打從一九九〇年代開始，利比亞就向周圍國家吸收勞動力，官方對於非法移工也採取睜一隻眼閉一隻眼的苟且態度。

「最主要還是大家有錢賺，」薩米爾說：「該給的錢都繳了，其實『他們』也不會為難我們做生意。」

每個禮拜，數以百計的皮卡擠滿了人，浩浩蕩蕩地朝北方前去，車程需要三天，薩米爾的「公司」可為乘客提供一瓶水，和一個小背包放自己的東西。坐在後車斗擠在邊緣的人，就需要抓住車架穩住自己。

薩米爾告訴我，前往邊境的單程票，每人收費約兩百美金，前往歐洲的話，要另外多付兩百美金，這還不包括沿途賄賂警察和檢查站的額外開銷。「扣掉給公司的費用和汽油錢，」薩米爾自豪地說：「我每星期可賺一千美元……城裡大學生也沒有賺這麼多。」

空地上等待發車的男人們，個個愁容滿面，他們對即將前往的未來一無所知，但卻堅信自己很快就會賺到足夠的錢寄回家。除了尼日，我在這裡遇到的大多數人都是來自馬利、布吉納法索、塞內加爾或象牙海岸未受過教育的農民。有許多人是因為家園被政府徵收後，頓時失去世世代代賴以為生的土地，沒受過教育的他們無法在

城市找到養家活口的工作，迫於現實的無奈，他們只能出走，背負家人的期望，到異鄉工作、流浪。

每個人都有各自的不幸。

在喝完第四杯薄荷茶後，我才發現「現實」比想像更複雜。易卜拉欣（Ibrahim），這位來自馬利的矮壯青年，「我想穿過撒哈拉，回到歐洲。」

三十四歲的易卜拉欣，曾經在法國史特拉斯堡大學研讀法律和國際關係，返回家鄉後，希望透過所學，有朝一日能重建自己面臨分裂的國家。馬利內戰爆發時，他被政府通緝，只好逃到尼日，夢想破滅、有家歸不得的他，在尼阿美打零工，有一餐沒一餐地度過艱困的日子。

「後來才發現，我什麼都改變不了，」沒什麼比心平氣和地談著自己的悲慘更加悲傷，「想方設法和家人聯絡上之後，才發現自己在家鄉已經不受歡迎，還被家族完全孤立……我沒有家了。」

「現在，除了穿過沙漠外，」他將我的茶杯倒滿，「我沒有太多要做的事情……一邊打工，一邊存錢，不久以後，我就要回到歐洲了。」

壞日子

過去幾年，歐盟通過各項援助計畫與基金會，在尼日投下數百萬美元，希望尼日政府能夠管控好國內人口走私的不良風氣，不過成效很差。但是，新政府上台後，對於人口走私與非法移工採取更嚴厲的取締：

「新的法律，意思就是新的『額外費用』，」薩米爾喝一口冰涼的可樂，「這件事，老闆會去處理，反正我管好Toyota就行了。」

隔天晚上，塵土飛揚的大空地，擠滿了白色的豐田皮卡，有些已經載滿了乘客，準

備出發，有些車則剛進場，進行最後的整備工作。廣場內出現了許多流動小販，向即將遠行的旅人推銷必備物品：對抗沙塵與烈日的頭巾及太陽眼鏡、乾硬的小米飯糰，還有些人像我一樣，出於各自神秘的理由，在皮卡間閒逛。

就在氣氛最熱絡的高潮，一群警察突然衝了進來，快速地逮捕了幾個來不及逃跑的非法移工和車手。有好多輛車趁亂溜走，在黑暗的掩護下秘密地離開。警察對我的存在視若無睹，就在眼前來來去去。大概我的樣子還不夠貧弱，看起來不像是要到利比亞討生活的人吧！

第二天中午，我在咖啡攤碰到薩米爾的同事，「我的豐田被沒收了。」

「這種事常常發生嗎？」我遞給他一塊模樣不討喜的麵包，「會很麻煩嗎？」

「你知道的，每個月總有幾天壞日子嘛！」他恨恨地咬了一口麵包，繼續抱怨，「沒辦法，會發生的事就是會發生，我也只能接受，只是啊……少賺了幾天的錢。」

「這真的沒問題嗎？」我想他也感受到我無牙的天真，「沒想過換工作嗎？」

「這種事，只要找到幾個對的人，付些錢，就可以把車拿回來了。」他掏出零錢，又買了兩塊麵包，一塊遞回來給我，「至於找工作～不可能啦！我們只要增加有關當局的費用，又可以再做一陣子的生意了。」

Chapter —— 8

Khartoum

在藍白之間

紅色警戒

「旅行只有一種，那就是走向你自己的內在之旅。」

——里爾克《最後》

我手上拿著一疊厚厚的資料，是關於下一段旅程的相關資訊，裡頭淨是千篇一律的嚴正警告，以及唯恐天下不亂的壞消息：

「紅色警示——不宜前往，宜儘速離境！」

「最高級警戒——禁止前往！」

「出發前，請將您的ＤＮＡ樣本留給相關醫療服務機構，以防您的家人有需要它們的時候。」

美國國務院的旅遊情勢分析報告，就說得更直白了：

「由於犯罪、恐怖主義、內亂、綁架和武裝衝突，建議不要前往……綁架，武裝搶劫，入侵家園和劫車等暴力犯罪很常見……恐怖主義團體仍持續構成威脅……可能通過自殺爆炸攻擊與槍擊事件，傷害西方人或西方利益……他們可能會在沒有警告的情況下，針對外國和當地政府設施，以及西方人經常光顧的地區進行攻擊。」

接下來的部分，就很有警世意味：

「如果您決定前往，請起草遺囑並指定適當的保險受益人……與親人討論關於兒童、寵物、不動產、資金，非流動資產的監護管理，以及你所希望的葬禮形式……告知您所愛的人重要文件、密碼與登錄訊息，以便他們能夠管理您的事務……如果您無法按計畫返國，家人可以依據您提供的檔案清單，處理您無法參與的事……如果您被扣為人質或被拘留，請務必指定一名家庭成員做為與劫持者、媒體、本國和東道國政府機構的聯絡人……與您的親朋好友建立『生活證明協議』，如果您被劫持為人質，您的親友可以知道具體的問題和答案，確信您還活著並排除惡作劇。」

最後一條叮嚀是「請您再一次，審慎考慮前往的必要性」。

「繫上安全帶的燈號已經亮起，飛機準備著陸。」我看著窗外城市的燈火，心想：現在後悔，來不及了吧！

另一個世界

「如果你真的要去的話，我可以幫你安排一下。」離開查德前，朋友握著我的手，「願真主賜給你平安。」

透過友人的安排，幾經輾轉，終於在午夜，抵達飯店。

「衛城飯店」（Acropole Hotel）是喀土穆市區現存開業最久的飯店。「服務從不間斷」（That has been in service without interruption.）是英國國家廣播公司對它的說明，「他們成功地將酒店經營成為城市文化和旅遊生活的真正瑰寶」（They managed to turn the hotel into an actual treasure of the city's cultural and touristic life.）。這裡曾經是蘇丹境內，唯一合法公開販售啤酒的所在，也是唯一擁有穩定對外電話線路的住宿點。因此，打從七十年代開始，衛城飯店就成為各國記者、人道救援組織、聯合國相關人員建立關係、互通有無的重要場所。

Check in後，我坐在飯店大廳旁的交誼廳，想從其他旅人身上發現些什麼。

「蘇丹面臨什麼樣的困難？」回答我問題的，是一位來自法國里昂的ＮＧＯ工作者。

「哦！很多～最主要是饑荒，還有地雷，」留著大鬍子，底下卻是一張娃娃臉的瓦勒利，啜飲著微溫的海尼根，「我永遠無法忘記在拉巴克（ربك，Rabak）發生的事，那天改變了我的人生。

「大批大批的難民像海嘯一樣湧進城裡，他們看起來就像好幾個月沒好好吃過東西，想像你沒有水，沒有食物，空著肚子，拖著一家老小，在烈日下步行好幾個禮拜……每個人都筋疲力盡，呈現中度到重度等不同等級的營養不良……實在是太多人了，維和部隊協助難民排隊……等待幫助的隊伍將城市團團包圍，有些人在等待時就斷氣了……其中大部分是小孩……」

我想起在雜誌報導中，那些皮包骨、腹部卻腫脹異常、奄奄一息的小男孩。對於緊急糧荒，我們都可以理解，這是突如其來的大自然暴怒所造成的短缺。但「制度性營養失調」是慢性、延續性的悲劇，這並非個人的不幸，戰爭是最主要因素，飢餓成為許多家庭的生活常態，從祖父母一代傳給父母親，再延續至下一代。當我們在考慮這一餐要Friday's或金子半之助時，地球的另一端卻有人在生死邊緣掙扎——明天，或後天有一口飯吃嗎？

「我在法國沒聽過這種情況，到了蘇丹後才知道，這是他們的真實人生。一開始我充滿了悲痛，為什麼會發生這樣的事……幾天後，哀戚變成了難以壓抑的憤怒……國際社會都在做什麼？新聞媒體怎麼一點動作也沒有，這一切都讓人絕望不已，每個人都想做點什麼，但沒有人知道該怎麼辦才好？我每分每秒都認真地想做點什麼，但最後只能看著這些孩子死去……今天七十個，明天兩百個……」

在衛城飯店中，像瓦勒利這樣理想主義行動派的援助人員還真不少。每天我都能聊上三、五個，每位工作領域也很不一樣。但飯店裡並非所有人都是好人，也有懶散自私、見錢眼開的壞傢伙。「禿鷹，他們眼中只有錢。」瓦勒利好心地提醒我：「離他們遠一點。」

衛城飯店是《北非諜影》中「銳克酒吧」的經典翻版，差別在只販售不含酒精的飲料。

大河相遇的地方

「喀土穆安全嗎？」我在早餐時見到喬治，衛城飯店的第二代經營者，「大家都說蘇丹很危險。」

「相信我，朋友。」滿頭白髮的喬治，用慈愛的眼神看著我，彷彿我剛說了什麼不得體的話，「你走上街，去和他們打招呼、握手……他們會用笑聲回報你，用力捶你的背，將你抱得緊緊的……不要害怕，那就是蘇丹人友善的方式。」

「那我要注意什麼嗎？」

「不用。」

「真的不會有危險？」

「完全沒有。」

喬治似乎察覺自己遺漏了什麼，補充一句：「留心大市場附近的小朋友。」

走在喀土穆街頭，滿街都是身著白袍、頂著白色頭巾的高大男子，以及身著豔麗長袍的高䠷女子。在這座看起來像永遠無法完工的城市，可以很明顯地感覺到「我是異邦人」的突兀，但不是不舒服的那種，相反的，我可以感受到某種強烈訊息：「你想知道什麼嗎？我可以告訴你。」每個人看到我都欲言又止，但總是又靦腆地走開。

我走了一小段路，跨過一座看起來不甚牢靠的水泥橋，抵達河中名為「Tuti」的小島，再往前一點，我朝思暮想的地方就在眼前舒展開了。

很久很久以前，母親在夜市的二手書攤，買了一套名為《世界偉人傳》Ａ６尺寸開本的卡通繪本，在這套書中，當時剛上小學的我第一次認識達文西、哥倫布、麥哲倫、史懷哲、諾貝爾，以及非洲史上最偉大的人道主義探險家大衛・李文斯頓（David Livingstone），還有能說二十九種語言的傳奇探險家理察・柏頓（Richard Burton）。其中讓我印象最深

（左）源自東非大裂谷區維多利亞湖的白尼羅河；（右）像是一條沸騰墨色泥漿的藍尼羅河。

的，是李文斯頓與柏頓追溯尼羅河源頭的種種困難挫折，最後還是功敗垂成的心酸。兩人雖然都以慘敗收場，卻好像有被某種東西打中內心的感動，忘記是從什麼時候開始，我很想看看，什麼樣的河流、什麼樣的風景、什麼樣的夢想，讓人們前仆後繼地投向尼羅河的探險事業。

現在，我站在發源自衣索比亞塔納湖的藍尼羅河，與源自東非大裂谷區維多利亞湖的白尼羅河匯流所在。居住在這附近的貝札人（Beja）與丁卡人（Dinka）各稱這個地方作「hartoom」與「khar-tuom」，意思也是「大河相遇的地方」，久而久之，就轉變成今天的「喀土穆」（Khartoum）。

與其說是藍尼羅河，倒不如說是黑尼羅河來得適切。在河流中滾滾的黑泥來自於上游衣索比亞高地的沃土，近看藍尼羅河像是一條沸騰的墨色泥漿流。另一側，水流中含有大量白色黏土的白尼羅河，兩相觀照形成強烈對比。河邊沒有水泥堤防或消波塊，湍急激流如狼群般啃咬著岌岌可危的土岸。河道兩側的泥濘中、岸邊低垂的樹枝上、開滿金雀花的野地裡，布滿了骯髒的塑膠袋、保特瓶與說不上來是什麼的垃圾。

兩河交會的所在，和我夢縈魂牽的想像，很不一樣。

有好長一段時間，我總盼望著有朝一日，能踏在藍、白兩條尼羅河匯流之處，親眼看看孕育出努比亞與古埃及兩大文明，流動著歷史魅力的母親河究竟如何？

終於，我站在岸邊，凝視大河如何相會、交纏、融合，然後繼續向北奔流。內心沒有雀躍不已的欣喜若狂，也沒有讓我呼吸困難的落淚激動，這和我所預期的高昂情緒有點出入，「原來是這樣」的直觀反應，反而與真實感受相去不遠。阿波羅的黃金馬車在尼羅河上方燃燒，白熾的日光亮得讓人睜不開眼，唯一讓我喘不過氣的是太過炎熱的空氣。

直到此刻我才明白，長久以來，對尼羅河的迷戀，讓我深切感動與期盼的，不僅是對百萬年自然造化的崇敬，更是對「人與其創造」概念深厚執迷。數萬年前，流離在荒野中的人們因為種種因素聚在一起，貢獻各自的能力，共同打造富足繁榮的理想生活。故事與夢想，就在人與人交會的所在閃耀，尼羅河，只是我對「文明」、「藝術」與「想像」的具象投射，自己所有的閱讀、旅行與思索，從未離開過「創

Chapter 8

Khartoum

造」這個迷人的主題。

過了許久，一聲不知從何處傳來的槍響，把我從遠逸的幻想拉回現實。

老鐵橋的另一端，有另一個故事在等著我。

昨日的戰爭

《馬拉坎野戰軍紀實》（The Story of the Malakand Field Force），今天讀的是一本只有博士生或想爬梳些什麼的歷史學者才會去翻閱的冷門書。內容敘述的是大英帝國在印度「馬拉坎遠征軍」與阿富汗人之間的戰爭。這本得意忘形、沾沾自喜的乏味之作，作者是年僅二十三歲的菜鳥少尉，他以高分貝的遣字用詞，書寫不列顛軍隊的英勇無敵：

「說實在的，在中學打球的少年都比阿富汗人勇猛」、「人生沒有什麼比遭到火網包圍，但毫髮無損更讓人興奮」、「有好幾槍射入軍營中，除了打擾那些淺眠的人以外，敵軍一無所獲」、「任何有點膽識，受過基本訓練的軍人，都可以輕易取得勝利」。我很難想像如此自我感覺良好的文字，竟出自於一九五三年諾貝爾文學獎得主——溫斯頓．邱吉爾的手中。

年輕的邱吉爾對這本書的評價是：「我的寫作風格十分出色，有些部分堪稱經典。」就文學性來說，雖然不至於慘不忍睹，但說出色實在也很牽強。邱吉爾利用這本書去結交權貴，廣結善緣，然後再利用人脈，加入大英帝國駐紮在開羅的騎兵團。這位年輕軍官後來趕上英軍史上最後一次騎兵衝鋒，親身見證一八九八年殲滅「苦行僧大軍」的恩圖曼之役（Battle of Omdurman）。

兩萬名配備馬克沁機槍與馬提尼–亨利步槍等新式武器的英國軍隊，在尼羅河西岸的恩圖曼，對上五萬兩千名只帶著傳統火器與彎刀的沙漠部落成員。「這不是戰爭，而是大規模的行刑。」邱吉爾以不帶感情的口吻寫道：「在五個小時內，戰鬥就結束了。」根據戰後的清點普查，蘇丹軍隊傷亡人數超過九十三％，至少有一萬兩千人陣亡。相比之下，英軍方面的傷亡人數不到四百人，有四十八名英國士兵喪生。戰後，軍團領導人命令士兵摧毀恩圖曼市區內伊斯蘭先知的墳墓，用邱吉爾的話來說：「將馬赫迪的頭蓋骨斟滿煤油後點火燃燒，當作凱旋的火焰獎盃。」

邱吉爾以渲染的手法，鉅細靡遺地描述這場「基督徒與穆斯林的末日之戰」，這本分為上下兩冊的《河流戰爭》（The River War: An Account of the Reconquest of the Soudan），為帝國主義擴張至顛峰時，所展現的不可一世與暴虐殘忍，留下光輝但血跡斑斑的紀錄。

無庸置疑，邱吉爾是二十世紀最偉大的政治家。九十年精采異常的人生歲月，有五十五年是國會議員，包括三十一年的內閣成員和九年的首相。參與或見證十五場大小戰役，並因戰功獲頒十四枚榮譽勳章。第一次世界大戰時，邱吉爾已經是家喻戶曉的名人，到了第二次世界大戰，他是帶領英國走出黑暗時刻的偉人。保守估計，他一生寫了一千兩百多萬個字，其中一千萬字刊印成書——即使是職業作家一輩子也寫不了這麼多字。此外，邱吉爾也利用時間畫了五百多幅油畫，這個數量也是一般難望其項背。

但同時，他也是所有偉人中個性最差的一位：粗魯、狂妄、自大、傲慢、桀驁不馴、張揚的暴發戶色彩，這些人格特質在《河流戰爭》裡可說是毫無羞恥心地展現在讀者面前。有個小故事正好可以說明，一九五〇年代的某一天，邱吉爾的孫子把頭探進他的書房問道：「阿公阿公，大家都說你是世界上最偉大的人，真的嗎？」邱吉爾一如往常，不耐煩地揮揮手：「沒錯，給我滾！」

我們會因此討厭邱吉爾嗎？不會。二十一世紀的關鍵問題，並不像馬克思所言，掌握生產工具的人掌握世界；也不如佛洛伊德所揭示，人類心靈運作主宰一切。邱吉爾相信，「在一個國家強行侵入私領域的年代，如何捍衛個人的自由」才是當務之急。終其一生，邱吉爾對抗法西斯與共產主義，爭取今天我們視為理所當然的自由。

但話說回來，他屁孩的樣子實在是很可惡。

邱吉爾筆下「比倫敦下水道更悲慘」的恩圖曼，今天擁有三百萬人口，是蘇丹境內最大的城市。博物館、購物商場、高級餐廳應有盡有。我尤其喜歡它熱鬧非凡，延續自十七世紀的大市集——久違的駱駝商隊、魔術師、玩蛇人、算命師追逐嬉鬧，或是沿街販售香菸與肥皂的小孩、乞丐、金光閃閃的銅匠舖、香料舖、水煙館，以及更多的乞丐……活脫是柯特比《波斯市集》擴增實境的４Ｄ版本。來自南方草原的象牙、花豹皮、犀牛角，印度洋上的龍血、香草莢，歐美名牌的手提包、皮鞋、太陽眼鏡等仿冒品，在大街上應有盡有，攤商毫無顧忌地兜售叫賣。

「這裡什麼都有。」一名年約十多歲、皮膚黝黑的少年自信滿滿地說道，「你想要什麼，我們都可以想想辦法。」

「謝謝，」我客氣委婉地回答，「我覺得現在這樣很好。」

「每個人來到這裡，都想要一些特別的。」少年認真地看著我，「你要不要再想想看你想要什麼？」

「不了，我真的很好……」

話還沒說完，少年急著插話：「真的不用，威士忌、大麻、槍，或是……」眼神左右瞟了一下：「女孩……還是男孩？」

我對少年投以友善的微笑，揮揮手，繼續向前走。獨自旅行的男性時常會被問有沒有這類的需求：性、毒品，或其他見不得光的金錢交易。只要壓抑住好奇心，基本上不會有危險，有的只是街頭令人疲倦的尾隨糾纏。喜歡體驗感受生活的人，這倒是不錯的旅行經歷。但對於視覺潔癖，生活低感度的都市旅遊者，仍保留我們過去生活的形式與風貌的非洲傳統市集，的確是刺激了點。

在沒有終點的圓，與神相遇

星期五下午，泛著檸檬黃的太陽，以溫和的方式熨燙大地。順著樂音與人潮，我走向大清真寺旁的大廣場，參加伊斯蘭蘇非學派（Sufis）的露天聚會。

數以千計身著綠袍的托缽僧、白袍的信徒，或是披戴紅色及雜色肩帶的教士，有些手持小木棍，有些手持念珠，在廣場中各自圍成大小不同的圓圈。大圈有上百人，小圈則以個位數計算，圓圈外圍還散布著不同小團體——打擊、撥弦、吹奏，圓圈內的人們則踱步、舞蹈、上下跳動、旋轉、唱歌、呼喊真主與先知的名號、吟誦《聖訓》或《古蘭經》……婦女小孩則被推擠到最外圍，同樣手牽著手，跟著樂音一起歌唱、搖擺舞動。

報章媒體在討論伊斯蘭群體（Nihlah或Millah）時，會用「什葉派」（Shia）或「順尼派」（Sunni）來區分兩大宗系，嚴格來說，「教派」這樣說法並不精準，正確用詞應該是「什葉伊斯蘭」或「遜尼伊斯蘭」。《古蘭經》是唯一的信仰依據，什葉和順尼的分別，在於對穆罕默德繼承權合法性的辯論。

此外，在區分伊斯蘭中的神學、哲學與律法，一般大眾也會誤用「教派」稱呼，例如教義極右也極為保守的「瓦哈比教派」（Wahhabism），視《古蘭經》為唯一信靠尊崇的「唯經派」（Quranism），馬來世界特有的「群島伊斯蘭教派」（Islam Nusantara）。實際上，正典用法應該以「學派」，而不是「教派」來說明。

我們常聽到的「蘇非學派」，其實是一種跨什葉、順尼，充滿神秘主義色彩的哲學思考、通過音樂與舞蹈來達到自我滅卻的靈修運動。蘇非學派的穆斯林相信透過長時間的音樂與舞蹈，能提升我們的靈性，進而在筋疲力盡的恍惚中，達到超凡入聖的「神迷」境界。

「長時間」是重要關鍵，我在希臘阿托斯參加過東正教的靈修彌撒，長達三十小時，馬拉松式的葛利果聖歌接力，現場流動的低頻共鳴，讓我的心智呈現某種歡愉與苦痛交纏的體驗。土耳其卡帕多其亞的旋轉舞者，數小時不停頓不休息的旋轉，光是視覺上的凝視，就足以讓凡胎肉眼的我頭昏腦脹。

「阿拉是至大的」、「真主是唯一」、「阿拉是至真，與我們同在」、「穆罕默德是最後的先知」……血紅色的天空下，此起彼落的歌聲與呼喊，像是巨浪，重重地拍打在旅人心中。從有秩序、有規矩的律動，到狂亂無章法的抽搐，臉上閃耀著汗水與淚水的舞者們，揚起帶有胡椒味的沙塵……這並不是為媒體或觀光客上演的樣板，蘇丹喀土穆的蘇非教團，融合強烈震撼的非洲式節奏、激動急促的切分音、阿拉伯文奇特的音律變化、歇斯底里式的肢體動作，再加上沙漠開闊無垠的視覺空間，共同營造出四海一家的神聖感受。

有些自詡「正統」的穆斯林社群，強烈反對蘇非學派的靈修方式。對於奉行基本教義的信徒來說，《古蘭經》與《聖訓》才是正道，透過其他形式發掘靈性，認識真主，是不可寬宥的罪過，就連念頭本身都是嚴重褻瀆。就某方面來說，正統派的擔心其來有自，長久以來，各大宗教對於「靈性」抱持懷疑與敵對。有時候，宗教會阻止人們踏上追尋靈性的旅程。追求性、金錢、權力的普通人，才是宗教服務的對象。那些勇敢探索真實、真理與真相的靈性行者，反而無法用教會那套陳腔濫調來打發。放下王族尊貴出走修行的悉達多太子、推動宗教革命的馬丁・路德、「不合作運動」的甘地，他們本身都不是虛無的享樂主義者。這些人對生命抱持著存在主義式的疑惑，以嚴謹刻苦的方式自持，並且拒絕所有制式回答。

「在沒有終點的圓，與神相遇。」我相信回到最初，蘇非穆斯林們肯定也質疑過文字、律法與教團的必要性。從文明角度觀察，靈性之路向來是屬於個人的，不利於社會發展，修持靈性的個體，在必要時離群索居，透過孤獨，探究內在需求。但社會文明的進步，人與人之間的維繫，需要契約，需要目標，對於生命的不確定，是存在主義式無可容忍的惡。因此，在卡繆小說《異鄉人》中，男主角莫梭被社會判處死刑，毫無轉圜餘地。

「所有的一切，沒有精準的目的性。」站在一旁的當地人熱情地向我解說：「沒有政治，沒有金錢利害，甚至沒有宗教之分，我們是善良的好人，一起唱歌跳舞，很開心，因為我們活著，可以享受，可以愛與被愛……這點很重要。」

我點點頭，把視線從身旁投向前方忘我舞動的人群。我在撒哈拉與尼羅河交會之處，見證這不可思議的魔幻時刻，音樂與舞蹈生成至高無上的力量，召喚沉沒在我們心底那純粹極致的神性。天地宇宙的宏大輝煌，某種不可動搖的偉岸莊嚴，即使是外邦的異教徒、堅定的無神論者，或是搖擺遲疑的不可知論者，都能清晰地接受到蘇非教友們，所傳達強烈深刻的信仰能量。

當蒼茫暮色襲上清真寺喚拜塔的尖頂，音樂及舞蹈在喚拜聲與喘息聲中結束，人們互相握手，擁抱。然後在黑暗中跪下，齊聲祈禱。

Chapter 9

Nubian

大河灣

到處都是蛇

「旅人的目的地，從來都不是一個地點，而是看待事物的新方式。」

——亨利・米勒《大瑟爾與博斯的橘子》

半夜，我被外頭的風聲驚醒。

帳篷的受風面，不斷拍打我的臉。帳篷外發瘋似的狂風，像是有無數的鬼魂在荒野哭嚎，有自怨的嗚咽，有憤怒的咆哮。我摀住耳朵，翻過身去，想起遺落在衛城飯店床頭的耳塞，開始後悔。

幾天前，我問喬治：「從喀土穆經過美羅埃（Meroë）到博爾戈爾山（Jebel Barkal）有多遠？」

「你想看金字塔啊！」

「是啊，想好多年了。」

「來回大概需要三、四天吧！」

「如果要到埃及呢？」

「你說瓦迪・哈勒法（Wadi Halfa）嗎？可能又要多個兩、三天……」喬治低頭想了幾秒鐘後，「我可以幫你打幾通電話問問，如果需要，可以幫你安排看看。」

然後，我就睡在巴格拉維亞（Bagrawiyah）村外，地圖上找不到名字，充滿騷靈與不安的詛咒大地上。

許多人以為蘇丹這片荒漠，沒有記憶、沒有文化、沒有歷史論述、沒有政府，甚至是沒有生命的不毛地帶。

「昨天睡得好嗎？」隔天，我和司機穆拉維坐在沙地上，一邊取笑難喝的即溶咖啡，一面閒聊。

「還好，半夜風大，有醒過來。」

「這裡的風不可怕，蛇才可怕。」穆拉維用認真的眼神看著我，「這裡到處都是蛇……石頭下、沙地裡、不起眼的刺槐、路邊報廢的汽車……」不像是開玩笑的樣子，「看得見、看不見的地方，到處都是。」

後來我才知道，蘇丹野外毒蛇種類之多，足以讓爬蟲類專家們起雞皮疙瘩。無藥可醫，致死率百分百的黑曼巴（Black mamba）、造成死亡人數最多的胖豬鼻蛇（Puff Adder）、傳說埃及豔后克麗歐佩脫拉自殺時使用的埃及眼鏡蛇（Egyptian cobra）、脾氣暴躁的鋸鱗蝰（Saw-Scaled Viper）、不一定在樹上的非洲樹蛇（Boomslang）、偶爾會出現的蛛蛇，以及更多毒性弱弱的蛇，聽說真的列出名單來，恐怕比我的身高還要長。

「去年秋天，我帶了兩對英國夫婦來參觀金字塔，」穆拉維的視線飄向遠方的古神廟廢墟，「正當我車開進到這裡，才剛停好車，就看到一條黑蛇立起身。」

「車上所有人頓時都亂了手腳，失聲尖叫……那是條兩米長的眼鏡蛇，就在窗邊，張開黑色的大嘴，露出毒牙，然後這樣……」穆拉維一邊站起來，以怪異的方式扭動身體，一邊發出嘶嘶聲，「那條蛇就在外頭，死命地朝車子攻擊……還好那時玻璃車窗是關上的，否則後果不堪涉想。」

穆拉維形容的眼鏡蛇，更像是電影《侏羅紀公園》中大開殺戒的霸王龍。

「稍稍冷靜之後，我們發現蛇不知道為什麼只在左邊的車窗外發瘋亂咬，因此一行人二話不說趕緊從右側下車，結果到了車外才發現……」穆拉維停下來，就像是要宣布奧斯卡最佳影片一樣，「停車的那一刻，左前輪剛好壓住蛇的尾巴，牠被釘在地上動彈不得。如果車子往前或往後幾吋，那麼當天就有人要去見上帝了。」

後來穆拉維跑到村裡，找了一名警察，開了好幾槍才打死那條可憐的眼鏡蛇。

在非洲，蛇咬死人是不會上新聞，但幾乎所有人都經歷過這類可怕的故事。在馬拉威一位隨車小弟告訴我，他們全家本來住在馬拉威湖南邊的曼戈切（Mangochi），一條黑曼巴蛇爬進屋裡，不知道是哪個人驚動到牠，結果咬死了全家人，其中包括父母親、兩名姊妹，還有哥哥和他的女朋友，「那天，我剛好加班沒回家，」小弟紅著眼眶跟我講，「結果，我就變成孤兒了。」

「這麼驚悚的事……」我沒好氣地說：「你怎麼現在才講？」

「親愛的朋友，不會有事的啦！」穆拉維笑著揮揮手，「阿拉會保佑你的。」

在《沉默大地的死亡》（Death in the Silent Places）中，有個令人不寒而慄的故事。話說在中非的坦干依喀湖，一名英格蘭裔老獵人某天下午駕船到湖上釣魚，從不外宿的他卻徹夜未歸。隔天中午，老先生被人發現躺在漂流的小舟上，氣絕多時。重點是他身旁的醫療急救箱已經打開，手上還拿著尚未使用的蛇毒血清。可以想像得到，他被蛇咬後還來不及注射，就毒發身亡……如果，我真的被黑曼巴和眼鏡蛇咬，恐怕連真主也無能為力。

沉默的謎

用過輕簡的早餐後，我拜訪美羅伊的古代遺址，一群被稱為「努比亞金字塔」（Nubian pyramids）的神聖建築。

在兩千多年前的地中海世界，曾經流傳過一句諺語：

「人怕時間，時間怕金字塔。」

對於屋大維、凱撒、克麗歐佩脫拉，甚至是亞歷山大大帝或歷史學家希羅多德來說，金字塔是既神秘也遙遠的奇特存在。即使是兩千多年前，金字塔早在風沙星辰下屹立超過兩千個寒暑，究竟何人所建？如何興建？為何而建？在眾說紛紜、文字記載也不盡真確詳實的年代，金字塔至今仍是沉默的謎。

我向來喜歡參觀不同的「紀念性建築」（Monuments and Memorials）——牌樓、方尖碑、凱旋門、博物館、奠基石、名人故居、碑碣陵墓、當然也包括了金字塔。透過

石材、玻璃或鋼鐵等半永久性蔑視時間，甚至蔑視生命的無機材質，是人類試圖以「有限」對抗「無限」的小小徒勞。

拜訪紀念建築的行為，本身就是一項精神性的時光旅行，當我們踏入建築場域的同時，就能感受到它「記憶扭曲現實」的不可靠性與強大力量，無論是國家有心形塑的偏見與傲慢，或是社群刻意經營的個人崇拜。雄偉的紀念建築，以不可動搖、拒絕質疑的強硬姿態面對群眾，並把「沉默」加諸於觀眾身上。

尼羅河畔的金字塔，可說是所有紀念性建築的原型，純粹阿非利加的產物。建於四千六百年前，階梯狀的左塞爾金字塔（Pyramid of Djoser）是埃及現存最古老的石造建築之一，負責設計監造的宰相印和闐（Imhotep）則是第一位留名青史的建築師。為了完成金字塔，所投入的人力、資源與時間，興建過程本身就是記錄的對象，紀念建築本身就是對記憶的頑固執著，權力與群眾意志的具體展現。

「這是蘇丹人統治過埃及的證明，」穆拉維雙手扠腰，以不可一世的語氣繼續說道：「但蘇丹今天過得很不好，大家都想要占我們的便宜……美國人、英國人、德國人、法國人、阿拉伯人……」

今天，歷史與地理學家，將埃及亞斯文到瓦迪哈勒法之間的地區被稱為「下努比亞」，從瓦迪哈勒法到喀土穆北方四百公里之間的地區則被稱為「上努比亞」。在《聖經．舊約》中，努比亞則被稱為「古實」（Cush），長久以來，努比亞被視為地中海文明與非洲尼格羅人文明的緩衝交界處。有些考古學家堅持，在歌劇《阿依達》中入侵埃及的衣索比亞人，其實應該就是努比亞地區的庫什王國（Kingdom of Kush）。

相較埃及吉薩大金字塔的雄偉，努比亞金字塔顯得小而陡。從遠處看，像是沙地上一排又一排包浩斯風格的調味料罐，呈現出某種數學性的神聖之美，可惜的是，幾乎所有的金字塔頂端都遭到破壞，從崩解的破口可以窺見這些金字塔遭到非常暴力的方式侵入。

「這是義大利人幹的！」穆拉維呸了一口，「還不是為了錢。」

在狂暴自然與無情時間中消磨，千年來屹立不搖的努比亞金字塔，最後毀在人性的貪婪與無知。一八三四年，一名來自義大利、曾經加入蘇丹遠征軍的盜墓者朱塞佩．費里尼（Giuseppe Ferlini），在喀土穆服役期間，聽說沙漠中藏有許多未經發掘的古代寶藏，財迷心竅的他竟然跑去說服當地統治者蘇丹總督阿里．庫希德．帕夏（Ali Kurshid Pasha），蘇丹本人就是聲名狼藉的奴隸販子，對於異教徒所遺留的偉大建築毫無感情可言，當然也不在乎金字塔即將面臨的悲劇。取得許可後的費里尼，帶了一大批工人，開始以不專業的手法在美羅埃進行挖掘。

開了天窗的美羅埃金字塔群。

不幸的是，還真的被他找到一尊哈托爾（Hathor）的黃金塑像，受到戰利品的刺激，費里尼開始思考「更有效率的發掘方式」。於是，他弄來炸藥，爆破四十座金字塔的頂部，這也就是為什麼今天美羅埃所有的金字塔都開了天窗，其中有好幾座金字塔更被炸得稀巴爛，只剩下慘不忍睹的殘破石塊，在沙塵中沉嗚嗚咽。

「義大利人有挖到什麼嗎？」我指著開了大洞的金字塔頂端。

「什麼都有。金子做的男神女神、金子做的椅子、金子做的盤子杯子、金子做的瓶子罐子……只要是金子做的，全都被帶走了。」穆拉維忿忿地說：「祖先留給我們的石油和黃金，全都被外國人拿走了，只留下沒有用的石頭。」

除了大量的黃金製品外，各種皇室人員與動物的木乃伊、雪花石膏器皿、玄武岩雕像、玻璃珠項鍊、綠松石頭飾，以及數不清的護身符，全被盜挖一空。兩年後，滿載而歸的費里尼返回歐洲，將大部分的搜括品賣給巴伐利亞的國王路德維希一世，目前安置於慕尼黑埃及藝術國家博物館中，而其餘的寶藏則由柏林埃及博物館購買，至今仍在展示中。

至於始作俑者費里尼既沒有遭到神秘的詛咒，也沒有道德上的良心不安，往後人生「對於努比亞的寶藏隻字不提，並像王儲一樣，過著快樂富裕的日子」。

百年過去了，在努比亞的黃沙之中，看不見義憤填膺的忿忿不平，也沒有咬牙切齒的同仇敵愾，對於發生在此地的掠劫與不幸，大家就和蘇丹總督一樣，漫不經心，毫不在乎。

話說回來，殘破歸殘破，努比亞金字塔依舊震撼人心。在金字塔群間，我流連許久，透過指尖與視線，在古老滄桑的石頭下，尋找故事的沉積。

努比亞人以簡單樸素的立體幾何，就能建構出無言可喻的純粹肅穆。緩緩西斜的夕陽，將淹沒在時間洪流的企圖、野心與盼望，裱褙成靜謐的枯山水。我想起張小嫻：「緣起緣滅，緣濃緣淡，不是我們能控制的，我們所能做的，是在因緣際會的時候，好好珍惜那短暫的時光。」

一種神秘又理性的恢宏在天地間流動，在這無人抵達、也無人知曉的沙漠角落，我閉上眼，享受那稍縱即逝的片刻，那被世界所遺忘的美好寂寞。

昨日的豐饒

「你不可以從這裡過去，」一名高壯的邊境官員對我搖搖手，「前面不對東方人開放。」

「可是，喀土穆的警察局和埃及大使館都告訴我證件與簽證是ＯＫ的，」我翻開破爛不堪的護照與通行文件，「為什麼不能過去？」

「不行就是不行，」官員抬起頭來，指向遙遠的右方，「你必須回喀土穆，搭飛機去埃及，這裡你不能過。」

數以千計等待通關的掮客、卡車司機、私貨買辦，以及更多更多往來兩國工作的努比亞勞工排列成行，席地而坐，每個人都擺出司空見慣的無聊神情，有一搭沒一搭地聊著。現場最煩躁激動的大概只有我一個人。

「你可以再確認看看嗎？我保證這些證件都合法，全都沒有問題。」我捺住性子，壓低聲音，「我只是一個普通的旅行者，不會給任何人添麻煩的。」

「你簽證是自己去辦的嗎？」警察拿起護照端詳，好像裡面有什麼見不得光的秘密。

「我是透過衛城飯店幫忙申請辦理的。」

「哦～是喬治那邊啊！那應該就沒問題了。」官員以令人吃驚的爽快速度蓋下出境章，「下一位。」

從瓦迪哈勒法離開蘇丹，前往埃及，基本上只有兩種選擇：搭巴士或渡輪。兩種方式各有利弊，在沙漠馳騁許久後，我渴望在水上航行。尼羅河渡輪似乎是不錯的決定。離開喀土穆前，衛城飯店的工作人員告訴我，「渡輪大概是下午三點開船，但你在早上十點就一定要到碼頭。」工作人員用無比嚴肅的表情說：「記得，下午三點，否則你會上不了船。」

上午八點，當我抵達碼頭時，這裡早已人聲鼎沸。在茅利塔尼亞的火車之旅與傑內大清真寺的抹灰節後，好久沒碰過如此混亂、失序卻充滿生猛活力的場面。有許多人是去埃及亞斯文（Aswan）市集採購，然後再帶回蘇丹轉賣，利潤則看商品而定：

「最好賣的是玩具和化妝品。」回答我問題的是瑪杜，一名來自喀土穆的行商，固定每月一次往返埃及。

「玩具？」我用手抓著剛出鍋的炸鱸魚，「哪一種？用發條的那種嗎？」

「不是，是接電視的遊戲機……Nintendo、SEGA、Play Station，這些在喀土穆都有不錯的價錢。」

「真不敢相信，」我撕下鱸魚的尾巴，「遊戲機在蘇丹有市場！」

「現在年輕人不讀《古蘭經》，不作禮拜，也不相信真主了……」瑪杜感傷地搖搖頭，「他們只在乎玩樂和虛假的美貌。但這又有什麼辦法呢？世界墮落了，這是美國人的陰謀。」

「我不懂，為什麼是美國人的陰謀？」

「你看新聞，美國沒錢了，就把他們的問題，變成全世界的問題……英國人也和美國人一樣壞，一起來偷我們的石油，偷不到，就煽動南部人反對我們。」瑪杜越說越激動，菜渣都飛到我的盤子裡了。

由於種族、信仰、文化與生活形態的差異，區域衝突一觸即發，地緣戰爭畫疆為界，喀土穆與南部自治政府一直處於打打停停的狀態。饑荒、瘟疫、地雷與游擊隊，造成南北之間近乎永久性的傷害。歷經長達二十二年的南北戰爭，南蘇丹於二〇一一年七月透過公投正式宣告獨立，成為全世界最年輕的國家。兩年五個月後再度陷入內戰。面對南方內部紛擾，喀土穆則冷眼嗤笑，隔岸觀火。

「要是他們不獨立，我們一起對付美國，就不會有這些問題了。」

越過國境線後，地圖上的「努比亞湖」馬上正名為「納瑟湖」（Lake Nasser），長度約五百五十公里的納瑟湖，是亞斯文水壩橫截尼羅河後所形成的人工湖。這座在蘇聯資金與技術支援所完成的大壩，從一九五八年來就爭議不斷。

「你知道在埃及，只要有冷氣的家庭，一定是三百六十五天、二十四小時不休息地讓它運轉。」同船的埃及人告訴我：「因為電實在是太便宜了。」

政府允諾將有一百萬公頃以上的乾涸土地獲得灌溉，這點也實現了。埃及因此成為全球數一數二的棉花輸出國。

但在歌舞昇平的同時，學術期刊與新聞媒體都在提醒我們一個無法逆轉的事實——尼羅河不再是千年來讓努比亞與埃及興盛的那條大河。豐饒的歷史在一九七〇年代轉彎，偉大的工程帶來便利，也造就無與倫比的絕望。

光是古蹟與居民的搬遷資金就遠超過亞斯文大壩的興建費用，其他對生態、土地、生活形態的傷害，更是難以估計。

渡輪滑過平靜的湖水，在船身後拉出一道道翻滾混濁的渦流。看著被輪機擾動的水面，我有預感，在接下來的旅程中，會見證更多的傷害與不幸。

Chapter 10

Philae

時光的禮物

想念一場雨

「時間有三種節奏：未來姍姍來遲、當下飛逝如梭、過去恆常靜滯。」

——無名

「藍山的霧靄凝結成雨，溫柔地落在綿長的運河之間。輕輕灑落在屋頂的雨水，從屋簷緩緩流下，靜靜地沒入空無一物的前庭。藍色的雨水如神蹟般，降臨太陽系的第四顆星球，一夜之間，空氣中充滿了奇異的清新。」

在《火星紀事》（The Martian Chronicles）中，雷・布萊伯利（Ray Bradbury）為太陽系最乾燥的行星降下雨水，甘霖浸潤過後的大地，萬物勃發，欣欣向榮。當然，小說家的描繪讓頑固的科學激進派分子很不能理解：乾燥得令人窒息，冷到水氣無法凝結的火星，怎麼可能會下雨？

當然，布萊伯利的書寫本來就是抒情性的文學描述，了解他的讀者都知道，雨的詩意相當符合布萊伯利憂鬱的氣質。成長於伊利諾州的他，每一本書，每一段文字，都伴著雨滴滴答答的聲音，落在我們的心中。

話說回來，人，就是這麼矛盾奇怪。在無邊無際的陰霾中，我們渴望陽光。在數個月耀眼眩目的日麗風和後，我開始期盼雨水的滋潤。

走在亞斯文的街頭，莫名地，想念起細雨纏綿的日子。

眾所皆知，亞斯文所在的下埃及，是地球上最乾燥的區域之一，往往好幾年不下雨。這裡四季都晴朗異常，全年的日照時間將近四千小時，非常接近理論上的最大日照持續時間。

亞斯文是地球上最陽光明媚的地方之一。

「你看過雨嗎？」旅店櫃台裡笑容滿面的小弟阿里說：「我從出生到現在，沒看過雨。」

我來自一座多雨的島嶼，在沙漠流浪的這段期間，快要忘記雨所帶來的悸動。

「下雨不僅僅是降水而已，」我告訴阿里：「雨不僅有聲音，還有氣味。」

我想念雨的氣息。

在我成長的城市，雨聞起來像是剛澆灌的水泥，有時則像是蒸騰的瀝青。郊區的雨有黏滯的霉味，或是厚重的土味。夏季午後的雷雨，讓空氣中有射擊靶場的子彈煙硝味，森林的雨有潮濕樹葉的水潤甜味，來自大海的雨則是退潮的沙洲，帶有粗獷刺激的鹹味。在西撒哈拉，大雨過後的空氣有松木灼燒的芬芳，在極圈附近的冰島，雨則發散出清冷堅硬的礦物調香氣。

聽說，當暴雨鞭打脫水的大地時，會散發出某種性感辛辣的土質香氛，受這股奇特香氣蠱惑的動物們，會成群繞著散發氣味的泥土轉圈。

「聽我爸爸說，在他年輕的時候，亞斯文下過一場大雨，結果……」少年曖昧地笑：「整座城市充滿了從來沒聞過的香氣……動物和人都發瘋了……隔年，有好多小孩和動物出生。」

「Petrichor……」我告訴阿里：「大雨後會聞到的，就是這個味道。」

六十多年前，一對出身澳洲的礦物學家，想要破解雨後芬芳的秘密，經過不斷地試驗與失敗，最終發現一項有趣的事實，那就是地球上所有的植物，都會分泌散發出萜烯類（terpene）的有機芳烴。醇厚的松脂、刺鼻的樟腦、迷人的薰衣草香、薑的辛辣、薄荷的清涼，都和它有關。從最巨大的老爺杉到最不起眼的凍原苔蘚，每年有數以千萬噸計算的萜烯被釋放到大氣之中。而泥土和岩石則會從空氣中吸收萜烯與其他芳烴香氛。越是乾燥的土地，越會吸收，氣溫越高，萜烯和其他芳烴融合程度就會越高。當大雨來臨時，這些被深鎖在大地的辛辣香氣就會被釋放出來。這種香氣在久旱後最為濃烈，因為有更長的時間在大地中熟成。

一九六四年，伊莎貝爾（Isabel Joy Bear）與理察（Richard G. Thomas），在《自然》期刊上發表他們的發現，同時為雨後芬芳的來源取了名字：「潮土油」（Petrichor），是由希臘文的「石頭」（petra），和代表流動在眾神體內的「神聖血液」（Ichor）所組成。而雨後空氣中的泥味或霉味則是「土臭素」（Geosmin），大地中放射菌的副產品，至於若有似無的金屬味或硝煙味，則是大氣放電所製造的臭氧（Ozone，來自於希臘文「聞得到」）所致。

大雨的氣息，是漫長等待之後的回報。

當然，這些氣味對於生長在亞斯文的阿里，是遙遠陌生的存在。陌生人的聞所未聞，成為我夢縈魂牽的鄉愁。要怎麼向一位沒經歷過下雨的人，形容雨後的暢快清新呢？

伊西絲神廟壁面上的雕刻，由左至右依序為荷魯斯、哈索爾、歐西里斯。

巨大的墳墓之城

在休息盤桓數日，離開亞斯文前，我參觀了菲萊島（Philae）上的伊西絲神廟，以及位於市郊的古老採石場。

從尼羅河中央望去，被沙漠環抱的郊區，到處都是灰撲撲的泥磚房舍，其中參雜幾座白頂藍磚的清真寺，以及醜陋的無線電或高壓電塔。被沙漠包圍的綠色河岸，種滿了棉花、水稻、玉米、甘蔗，還有綿延無際的椰棗園。

看著水光山色，很難想像，這裡已經超過十年沒有下雨了。

許多古代作家與典籍，都曾以不同方式提到這座城市：《歷史》的作者希羅多德（Herodotus），《地理》的作者斯特拉波（Strabo），天文學家托勒密，博物學家老普林尼（Pliny the Elder），以及

荷魯斯之眼。

古羅馬建築師維特魯威（Vitruvius）。在舊約聖經《以西結書》和《以賽亞書》，也曾提及亞斯文與在地的異教信仰。

午後炙悶的空氣令人昏昏欲睡，觀光客們一邊打著哈欠，一邊端詳面目全非的古老神祇，而售票亭的工作人員也以意興闌珊的哈欠回應。

「蠢斃了！怎麼都沒有臉？」曬得滿臉通紅的德國大媽，咕噥地抱怨：「這樣來這裡要看什麼？」

無論是王權守護神的荷魯斯（Horus）、祂的妻子哈索爾（Hathor），或是冥府之王歐西里斯（Osiris），全都被激進的穆斯林，或是更激進的基督徒所破壞。拜訪菲萊神廟的行程，與其說是參觀古埃及的信仰之旅，倒不如說是細數文物被切割與塗銷的見證之行，除了不同時代信徒的破壞外，觀光客們千年同出一轍的行為同樣令人髮指，導遊會用沾沾自喜的語氣告訴遊客，「這裡有羅馬

時代的簽名。」「這個是拿破崙軍隊刻下的日期。」「這是二戰期間某個逃兵的名字……」這些名字、日期以執拗愚蠢的方式，深深地嵌入時間的裂縫中。讓人看了既震撼又惱怒。對文明的尊重冰消瓦解，對時間的敬畏蕩然無存，只剩下微不足道的名字，留在廢墟之中。

尼羅河沿岸有許多神廟，至今仍受到遊客的喜愛。如果有機會乘著遊輪，往下游方向前進，就是供奉鱷魚神（Sobek）和鷹頭神（Horus-the-Elder）的康翁波（Kom Ombo）雙神廟，這裡有讓觀光客流連忘返的鱷魚木乃伊、古代外科手術的工具壁畫，以及荷魯斯之眼簡化成藥物處方箋Rx的符號。另一座令觀光客驚呼不已的，是艾德芙（Edfu）的荷魯斯神廟，大家都認定此處是最經典，也最接近完整的古埃及神廟，亞歷山大大帝與羅馬軍團，都與艾德芙神廟有關。埃斯納（Esna）的庫努牡（Khnum）神廟，則供奉著年代最為久遠的埃及神祇，祂是尼羅河源頭之神，也被認為是兒童的創造者；神廟裡就有壁刻，講述祂先在一個手拉胚轉盤上用陶土做出小孩的身體，再把它放到母親的子宮中，我在努比亞金字塔與亞斯文的觀光市集，都見過庫努牡的土胚模型。

當然，最讓人印象深刻的，一定是尼羅河上埃及古城，新王國時期的首都底比斯，今天則稱為路克索（Luxor）——它另一個我不怎麼喜愛的中文譯名「樂蜀」，聽起來像某種賣相不佳的玉米脆片，一如著名的吸血鬼伯爵Dracula，它有「德古拉」與

「卓九勒」兩種譯名，其中一種譯名，總讓我想像伯爵是吃太多甜食而身材臃腫的中年男子，而不是尊貴中帶著邪氣的惡魔貴族。

大概沒有人會否認，路克索具有無可比擬的魔力，即使對觀光業十分感冒的伊本．巴圖塔，稱這裡為「巨大的墳墓之城」，無論一個人的時間感如何麻木，對歷史如何冷感，當他走入卡奈克神廟驚人的百柱廳，或是形制簡單，但畫面內容卻超展開的帝王谷壁畫，都無不感到震驚。我個人特別偏愛只使用黑線白描，文字與圖案都走極簡風的圖特摩斯三世陵墓（ＫＶ34），在停靈室上方天花板所描繪的寶藍色星空，後來我在巴黎的聖禮拜堂、羅馬的宗座聖殿，與伊斯坦堡的藍色清真寺，都有類似的情境描述：隱身在幽遠深邃的蔚藍之後，是渺小人類可望不可及的永恆救贖。

所有的神廟遺址，都落在最擁擠的市集之中，入口處一定有避之唯恐不及的叫賣小販，也一定有四處閒晃的羊群、驢子、騾子，以及寶萊塢式的熱門舞曲。千篇一律，滿坑滿谷品質粗劣的聖甲蟲，生命之鑰、太陽神「拉」的護身符，以及總是製作錯誤的荷魯斯之眼，稍稍上得了檯面，價格卻異想天開的雪花石膏壺、黑曜岩雕像、用甘蔗纖維仿紙莎草手感的死者之書，以及土耳其藍的醜萌河馬，觀光業將尼羅河古文明迪士尼化，從阿貝辛拜神殿到港都亞歷山卓連成一氣，變成不買後悔，買了更後悔的主題購物商圈。但出乎意料的，沒有人在意，觀光團也大方擁抱占去旅行百分之三十七時間購物的Happy Hours，埃及旅遊的經驗，反映出大旅行時代過後，浮光掠影式的走馬看花、網紅式的拍照打卡與不買可惜的購物體驗，建構出二十一世紀旅遊業的大致風貌。

但對我來說，排山倒海而來的觀光紀念品仍在理智可以接受的範疇，最可怕的是無人可倖免的旅遊稅，也就是對小費需索無度的工作人員，或無關緊要的閒雜人等。他們會埋伏在飯店或餐廳的大門口、洗手間、上下巴士、船舶或驢子的地方，到處都有人搶著為我服務：開門、推開人群、提行李、按電梯，順便聊兩句天氣：

「今天晴空萬里，真好，不是嗎？」

「廢話，這區域已經這麼多年沒下雨，當然晴空萬里。」在餐廳碰見的美國夫婦對我大發牢騷：「如果你掏出美金，其他人就會靠過來，用熱切的眼神看你，統統都想分一杯羹。」滿頭大汗的先生沒打算停下來：「就因為做好自己分內該做的事，就巴望著我付額外的費用，實在是太可惡了。」

的確，埃及國民平均所得比不上已開發國家，在這個基層公務員月薪只有七十五塊美元的地方，謀生不容易，我們都可以理解為了生活零售自己尊嚴的悲哀。但當我想到，每個笑容裡頭都有算計，每個殷勤背後都有價碼，不免心生悽惻，倍感蒼涼。

我站在古代採石場上，看著遊客們一面讚嘆「埃及人真有智慧」，一面踐踏剛頌揚的一切，其中就包括地上這支尚未成形、巨大無匹的方尖碑。那些安置在羅馬、巴黎、倫敦市中心廣場的方尖碑，全都是在這裡開鑿、切割，然後運送出去。根據可信的書面資料，今天地球上留存下來的埃及方尖碑，只剩下二十九座。

「他們是怎麼切開石頭的啊？」「古代又是怎麼將這些好幾百噸的石柱運到下游的啊？」孩子的天真暴露出大人們對古代世界的愚昧：「是國王做的嗎？還是外星人呢？」有備而來的父母親，會用他們在書上或網路瀏覽的資料和導遊一較高下，其他瞠目結舌的爸媽們，也沒打算遮掩自己的無知：「我的歷史真的很爛，你去問導遊。」

原本豎立在神廟入口，紀念大赦之年或戰爭勝利的方尖碑，後來被搬到世界各地，從支撐個人崇拜的信物，變成國家崇拜的紀念品。巨大的花崗岩柱以違反自然的方式矗立，並以無禮蠻橫的姿態刺入天空，是傲慢的挑釁，也是高調的炫耀。從凱撒到唐納．川普，統治者都熱愛方尖碑的強硬有力的形象，它是一聲尖叫，一句口號，是和諧一致的社會理想，是團結齊心的政治語言，也是族群融合的文化象徵。

更重要的，看得見也摸得到的建築，有無可比擬的真實感，尤其在這個虛擬時代，具體存在的「真實」越來越稀少，也越來越珍貴。

所有的不期而遇，都是注定

當天，就在我搭上駛向開羅的列車之前，亞斯文下雨了。

城市不同的角落，都響起歡呼與笑聲，對於年輕的孩子來說，這是他們人生所經歷的第一場雨。幾乎所有人與牲畜，都站在雨中，仰起臉孔，享受片刻的奇蹟。冰冷的雨水，挾帶著紅海潮濕的鹹味。當大雨落下的同時，空氣中彌漫著奇異的香氣：五月新綠的樹芽，蘊著溫潤水氣的苔綠，是屬於春天的氣息；醇厚的香草與針葉林深沉的木質調，帶來夏季的芬芳；若有似無的辛辣，是令人難忘的沒藥與乳香，隱約閃爍的神秘芬芳，是細膩繾綣的浪漫麝香。

大地與雨水的交合，讓大氣中充滿曖昧的歡樂，一種跡近聖靈充滿的法喜，或男歡女愛的盡致淋漓。久旱甘霖是造化自然的恩典，但我未曾想像過，雨水所帶來的五感體驗，竟是如此的濃郁，如此深刻，如此美好。

每一次，我們像孩子般走向世界，為一抹陽光、一泓清泉或一道彩虹而雀躍不已。

也可能因為班機誤點、巴士拋錨或食物中毒而捶胸頓足。

如果旅行總是爛的、可怕的，我們早就望之卻步，或是避之唯恐不及。但如果旅行一直是好的，心想事成的，我們也可能早就認為所有發生的一切，都理所當然，毫無驚喜。

旅行最迷人的所在，就是在於它的不確定性。這場降在努比亞沙漠的雨，也落在我的枯竭乾渴的心裡，也許，所有的不期而遇都是命中注定；而所有的命中注定，或許也只是萍水相逢的錯身而過。

原來，生命的圓滿與缺憾，都是不可取代的美好。

當晚，我就著濕透的衣服，在開往旅程終點的火車上，沉沉睡去。

在急馳北上的黑夜中，雨仍以溫柔的方式，細細地落在我的夢中。

Chapter — 11

Sinai
出埃及記

摩西，你是誰？

「我將這些事告訴你們，是要叫你們在我裡面有平安。在世上，你們有苦難；但你們可以放心，我已經勝了世界。」

——《新約・約翰福音》第十六章第三十三節

在猶太經典《米大示》（Midrash）中，有個故事是這麼說的……

率領族人出走埃及的摩西，在荒野流浪多年後，某天，摩西知道他的大限將至。雖然年事已高，但這位個性強硬、頑固的部落領袖，卻拒絕即將到來的死亡。在沙漠中不斷流浪，反抗且不快樂的族人，在在折磨這個老人家的身心靈，即便如此，摩西還想活下去。

於是，摩西披上粗麻布，將灰燼撒在身上，並寫了一千五百篇祈禱文，然後宣布：「我不會離開這裡，除非上帝撤銷我的死亡。」

他在地上畫個圓圈，坐在裡面，不出來了。

當摩西強烈的要求傳遍宇宙，有靈的萬物都震驚了，「可以這樣嗎？」「摩西一定

西奈山上的摩西／ Jean-LéonGérôme繪

得死嗎？」「到底發生什麼事？」「難道沒有其他的辦法嗎？」堅絕抗死的摩西，煽動了一批說客，天上的風、流動的河、焚燒刺槐的火，還有傳述信仰希望與愛的文字，都加入說服上帝的行列，「摩西可以不用死嗎？」

終於，上帝來到摩西面前。

「你必須死，摩西，否則你的族人會把你當偶像來崇拜。」

「為了主，我毀壞金牛犢，殺害不堅定的族人，雙手染上鮮血。」摩西問道：「我的主，難道我沒有證明自己的價值嗎？祢不信任我嗎？」

在天地一片沉默之後，上帝開口了。

「摩西，你是誰？」

「暗蘭之子。」

「誰是暗蘭？」

「以斯哈之子。」

「誰是以斯哈？」

「哥夏之子。」

「哥夏又是誰？」

「利未之子。」

「利未呢？」

「雅各之子……以撒之子……亞伯拉罕之子……」最後

回答到第一個人類，亞當。

上帝接著問摩西：「亞當呢？現在在哪裡？」

「亞當活了九百三十年歲，死了。」

「亞當的孩子？孫子？你的祖先呢？」

「死了，他們都歸於塵土，所有的祖先都不在了。」

「沒錯，你的祖先都死了，你卻妄想永生不死？」

摩西不打算乖乖就範，決定力爭到底。

「亞當！他在伊甸園偷竊，我沒有。亞伯拉罕生了兩個兒子，一個不是祢的子民，以撒的後代也是一樣，娶了外族，信了異神。但我不一樣，我的孩子全都是祢的子民。」

天地再度陷入沉默，就連風吹過樹梢也安靜無語。

「摩西，」上帝決定用更犀利的方式刺入，「你殺了一個埃及人，是誰要你這麼做的？我沒有要求過。」

「是的，我殺了一個埃及人，可是您呢？您殺過許多人，殺了埃及人和動物的長子，」不服氣的摩西據理力爭：「現在，您要來懲罰我殺了一個人？」

與神爭辯的摩西，其實心中明白，如果上帝要他死，其實自己也無能為力，但這位部落領袖仍沒放棄最後一搏的機會，摩西轉向有靈的萬物：

「天空與大地，請為我祈禱。」

這時上下四方都在震動，「我們不能。」天與地如此回答。

摩西轉向太陽、月亮與群星，「不，我們不能。」日月星辰如此回答。

接著摩西向山岳、湖泊與河流，「不，我們不能。」山川湖水如此回答。

摩西將目光投向大海，「海洋，傾聽我的請求，請為我祈禱。」

冰冷的濤聲迴盪在空氣之中，「暗蘭之子，」海洋以不帶感情的方式回應孤立無援的摩西：「你發生了什麼事？你現在有求於我？你是否記得，許久以前，你用杖逼我退去，好讓你的族人從我腹中穿越而去的事嗎？」

此時此刻，摩西才發現，所有的雷霆震怒，都是虛妄；所有的呼風喚雨，只是假相。在永恆與大能之前，原來，人是多麼地渺小無助。

摩西與上帝的角力來到最後階段，而且勝負已有了定數。曾經向摩西預示以色列人歷史與未來的天使現身，告誡這位頑固老人：「上帝宣布這項決定時我在場，命令已經確立，不容質疑與延緩。」

如果就此打住，低頭離開，那麼，摩西就不再是摩西了。先知中的先知，導師中的導師不見，摩西開始像個凡人般哀求，期盼以任何方式活下去，無論怎麼說，上帝都拒絕他。

「我的主，讓我像動物般活著，以泉止渴，以草止飢，卑微但心滿意足地度過每一天。」摩西跪了下來，絕望地想放棄做「人」。

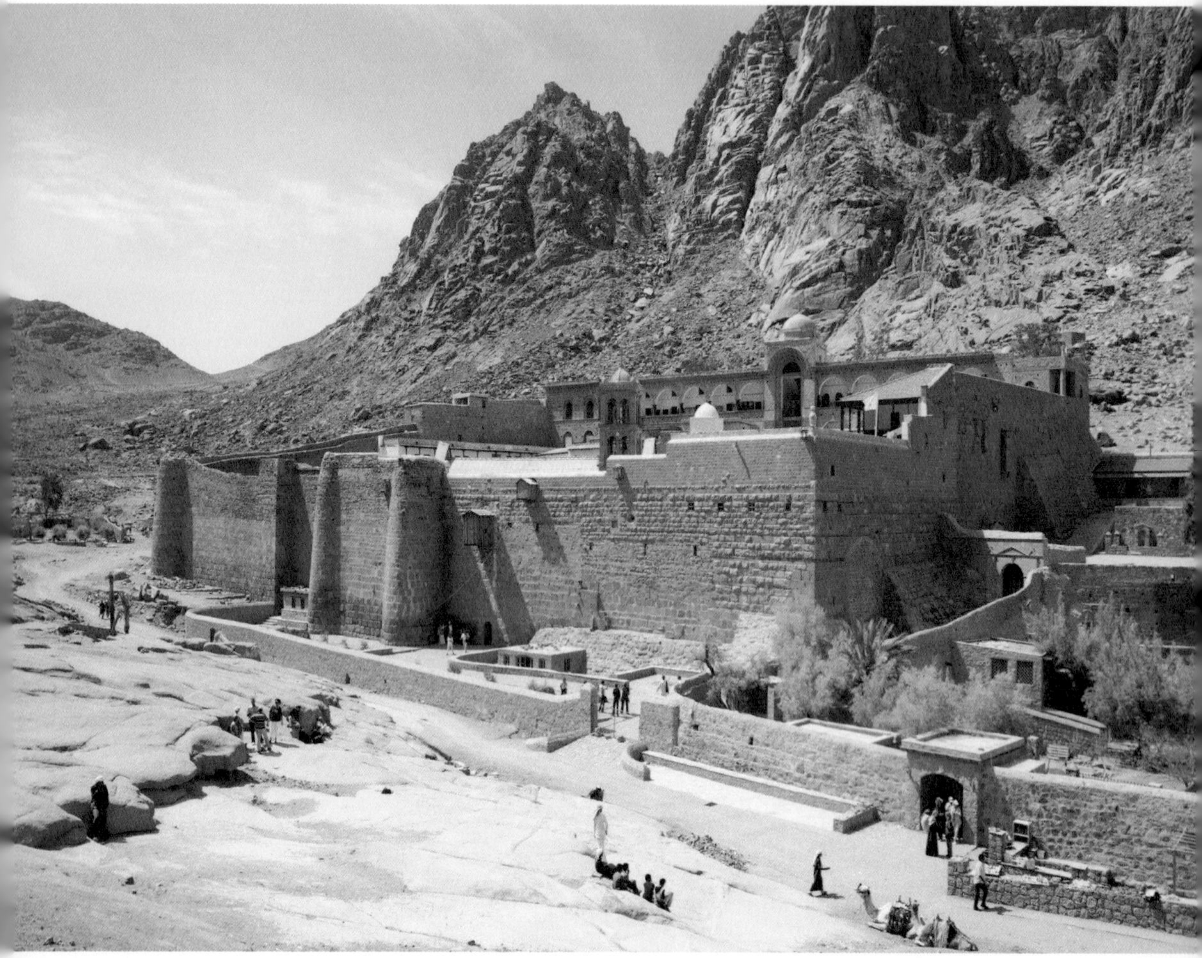

「人活著，就要有人的樣子。」上帝拒絕摩西，「所有人都一樣。」

「我的主，讓我成為一隻鳥，風的朋友，留在世上，每晚歸巢，我會對活著的每一刻充滿感激。」

「人活著，就要有人的樣子。」上帝拒絕摩西，「所有人都一樣。」

這一次，輪到上帝不耐煩了，「摩西，你必須死，你的言語已經太多了。」

燃燒的荊棘

在聖凱薩琳修道院（Saint Catherine's Monastery）待了兩天之後，清晨，我離開這座地球上最古老的修道院，開始攀登。

修道院裡的隱士告訴我，這座年代悠久的建築，座落在《舊約．出埃及記》中「耶和華的使者從荊棘裡火焰向摩西顯現」的所在。如果這是真的，那麼同一個地點在多年後，又發生另一項影響人類文明深遠的事件，那就是摩西受十誡的所在，也在不遠的前方。

摩西，這位《聖經》中最具威嚴，卻也最孤獨的英雄，他的一生即使是好萊塢當紅的劇作家，也無法憑空想像如此跌宕起伏的人生。

法老的女兒巴特亞，在漂浮於尼羅河的蒲草箱中，發現了這位猶太嬰兒。這位來路不明的孩子，卻很快地擄獲宮廷中所有人的心。長相雅俊的摩西，三歲就有預言及醫病的能力，快速地學會帝國境內所有的語言，並且通曉所有已揭示的知識，法老疼愛他，常常將摩西抱在腿上玩耍。《米大示》有一段危險的文字寫道，某天，頑皮的小摩西伸手將法老的頭冠摘下來，放在自己的頭上，在場所有的謀士都跪了下來，告訴法老，「這即使不是大逆不道的叛君之罪，也是一項惡兆，一種警告。」在場的所有人都建議法老，摩西必須死，以免將來後悔莫及。

所幸，其中有位謀士是天使所喬裝，他提出一項比較溫和的審判方式：在小摩西前方放置兩個圓托盤，一個放滿金銀珠寶，另一個則堆滿火紅的炭。要是他伸手去抓貴重金屬，那摩西就有叛亂的嫌疑，一定得處死；反之，摩西去拿燃燒的炭，就證明他喜歡所有會發光的東西。

這是一項決定生與死的抓週活動，小摩西還真的伸手去抓金銀珠寶。隱形的天使加百列在最後關頭，用力推了他一把，結果，小摩西不小心就抓了塊熾熱的炭，還把它放在嘴裡。

逃過死劫的摩西，卻燒傷了舌頭，從此變成了口吃。

又過了許多年，在榮華富裕中成長的摩西，「見一個埃及人打希伯來人，他左右觀看，見沒有人，就把埃及人打死了，藏在沙土裡。」曾經貴為王子的他，捨棄曾擁有，最好的一切，一夕之間亡命天涯。

他為什麼這麼做？他在想什麼？

聖凱薩琳修道院的荊棘。

我看著修道院庭園中，茂盛張揚、生機盎然的荊棘，「這是君士坦丁大帝的母親，聖海倫娜從何烈山上拔下來，種在這裡的。」修士熱切地告訴我，「就是那株燃燒卻不毀壞的荊棘。」

院中這株荊棘是真是假，對我而言，並不是那麼重要，「但為什麼是荊棘呢？」

「地必為你的緣故受咒詛。你必終身勞苦，才能從地裡得吃的；地必給你長出荊棘和蒺藜來……」修士突然停頓，想一下後，緩緩對我說：「荊棘是不能免責的罪罰，是無可避免的苦難，是對富貴權勢的嘲弄，是人世所有死別生離的預言……在這裡，荊棘是捆在靈魂上，時時刻刻刺痛的提醒。上帝透過荊棘告訴摩西，你生命的責任還沒完滿。」

生命尚未完滿，什麼樣的狀態才算完滿？我揣著疑問，一步一步地走向山頂。

年輕的我總以為，只要逃出國，離開家，花點時間，也許就能找到自己。結果，在漫長的撒哈拉之旅，出走的理由逐漸模糊，流浪的藉口也顯得孱弱不堪。即使單單為自己而活，生活仍有許多應該的面對與勇敢的承擔。怯懦的我，靠著出走逃避，所有的「冒險」、「大旅行」、「流浪」、「尋找自己」，捫心自問，都只是冠冕堂皇的官方說辭、自我感覺良好的浮誇虛榮。

我看著庭院中濃密的荊棘，心中隱隱作痛。

我的心，在眼前嶙峋險峻的危石，與過往放浪形骸的青春間徘徊。千年來，許多朝聖者也走在同一條道路上，腳下曲折蜿蜒的山徑，和心中曲折交纏的回憶，其實也是同一條道路。

在逃亡許久後，摩西在米甸落腳，娶了當地女子為妻，生了兩個兒子。他似乎定了下來，不再關心希伯來人的命運，現在的生活很好，他寧可選擇性地遺忘。

但埋伏在每個生命的轉角的，不是愛，而是我們祈禱「不要遇見的試探」。

隨著海拔越來越高，視野也更加開闊。地質學家說，西奈半島在文字剛被發明時，此地仍是一片狼藉，一片火海。岩漿在地表流竄，岩石的裂隙冒出地獄的惡臭。花園中的植物全都無法生根，只剩下長滿刺的低矮樹叢，稀稀落落地散布在惡地之間。我將視線投向遠方，在群山之間，「土黃」有了新的詮釋，蒙塵的、清晰的、開放的、收斂的，是貧民窟中窮苦的臉孔，是與舊情人訣別的顏色。所有的開始，一切的結束，都被眼前這片凝結的沉默一語道破，摩西登上這座山時，他又在想什麼？

試著想像，在廣袤無垠的沙漠中，荊棘在燃燒。不安的摩西抬起頭來，聽見若遠若近的話語自虛空傳來，充滿令人敬畏的力量，充滿啟示性。不過，《米大示》上說，上帝還是花了七天的時間來說服他，好辯的摩西總是搬出各種理由拒絕。所有的反駁，核心只有一個：

「為什麼是我？」

沒錯，為什麼是我？這樣的探問質疑，已經縈繞在心中許多年，為什麼是我？為什麼我要去經歷這些？面對與承擔，生命中所有的不可承受？或是那些原本不該是我的呢？

為什麼是我？

終究，摩西還是屈服了，上帝不會輸，祂說什麼就是什麼。

走出寂靜，步入塵囂的摩西，接下來所面對的命運，很嚇人。當他與哥哥亞倫返回埃及時，希伯來人熱情地歡迎他，「我們誓死追隨。」聞風而至的其他人，加入爭取自由的行列，不過才來到皇宮前，希伯來人怕了，跑了，最後只剩下兩兄弟進皇宮，摩西在想什麼？

我想問的是：你問過他們嗎？你確定他們真的想離開嗎？

摩西與法老的談判破裂後，一件又一件的災禍，侵襲這片原本就艱辛度日的苦難大地。透過文字敘事的力量，我們聽見吆喝、呼喊、斥責、哀嘆與哭嚎，自尼羅河畔傳來。在荒亂中，法老點頭了，答應讓摩西帶領希伯來人，離開客居四百三十年的埃及。

永恆，近在眼前

大部分的人都是選擇在天亮前三小時出發，然後在山頂看日出。修士告訴我，「下午再上山，不一樣的孤獨在顛峰等著你。」當我一步步向上時，所有下山的猶太

人、基督徒與穆斯林，錯身而過時，都用那種「你很奇怪」的表情看我。

同一條路，不一樣的時間，同樣令人側目。

渡過大海，逃過軍隊追殺後三天，希伯來人開始問：「為什麼我們要聽你的話離開？沙漠死的人不夠多嗎？你打算將所有約瑟的族人都葬送在黃沙中嗎？」當希伯來人向摩西抱怨餓了，從天而降的嗎哪，填滿每個轆轆飢腸，渴了，裂開的岩石滲出水來，滋潤每個乾裂的唇。但不知感恩、喜怒無常的希伯來人，總是跑到摩西面前：「給我，給我，給我，給我……」地要個不停。摩西的族人後悔了，如果有機會，他們又想做法老的奴隸。

自由太可怕了，不曾經歷過的人，無法為自己的未來擔起責任。逃避現實與責任的人，其實也是逃避自由嗎？當我無度揮霍自己的青春時，那算不算是逃避呢？

天色漸漸暗了，七彩斑斕的流霞，為滿布陰影的大地染上些許稍縱即逝的繽紛。我想像摩西的孤獨與不被了解，他帶領希伯來人四十年，還是需要每天證明，自己是夠資格的領導者。實際上，沒有超自然神能的摩西，必須同時扮演好困難又衝突矛盾的對等角色：領袖與僕人，傳遞上帝話語的先知，與傳達子民訊息給上帝的使者。

七週過後，關鍵時刻來了，這是人與神之間的大事，第一次，上帝要開口揭示祂的律法，祂的聲音將傳遍大地。這裡沒有艱澀的文字遊戲，也沒有複雜的神學理論，「不可謀殺。不可姦淫。不可偷盜。不可陷害人。」但最重要的還是那條：「除了我以外，你不可有別的神。」這新的律法，就是《十誡》。

令人意外的是，根據《猶太法典》的文字敘述：以色列人拒絕新律法，直到上帝舉起一座山，威脅他們，不接受就得死。沒得選擇的以色列人，百般無奈地接受律法書，上帝才覺得滿意。

但摩西不滿意，他要族人們心甘情願地接受誡律，自願立誓服侍上帝。當他帶著律法書與十誡下山時，看見埃及的金牛犢被高高供起時，摩西在想什麼？可憐的他，總是夢想著激勵族人，提升他們的心智，拓展他們的胸懷，從卑微的奴性中解放，成為真正的神選之民。但在親眼見證動搖帝國的十災，親身經歷被分開的大海後，離開埃及的希伯來人，竟然什麼都沒學到，不僅摩西失望，其實，我也感到不可思議。

原來，人世間有些事，光靠奇蹟是不夠的。

當我站在山頂時，閃耀的銀河將黑夜亮成白晝，伸出手，彷彿可以碰觸到冰冷的星星。我是一個在塵世迷途的不可知論者，隱隱約約感覺到，我所追尋的答案，我所等待的救贖，與我所探究的永恆，並不存在於某本經書或某個宗教之中，看著閃爍耀眼的星空，當下有種神秘的感動，遙不可及的永恆，原來近在眼前。

回到最初，摩西為何如此執著，甚至以不知羞恥、不計代價的方式，違抗上帝的意旨。只為了多活一天？

當上帝告訴摩西「你必須死」後，這位個性暴烈的先知仍喋喋不休地爭辯，根據《米大示》所記載，最後爆氣的上帝，告訴摩西：「既然你堅持活下去，那就活吧！但你的族人就得死。是你還是他們，自己選。」

「讓以色列人活吧！」摩西大聲呼叫：「摩西的命微不足道，請放過以色列人吧！」

終究，摩西還是把生命奉獻給這群不知感激，人前人後說他壞話的族人。摩西有理由絕望，有理由放棄，但這位性格充滿缺陷的領導者，其實就是我們心靈的投射。要活下去，去經歷一場值得的美好，前提是自己爭取，而不是犧牲別人來交換。

曾經有位瘦弱、愛做夢的小男孩，總是盼望長大後，可以成就一些別人做不到的事，或是成為更好、更不一樣的自己。終於，跨過法定成年的門檻，但許多年過去了，心中的小男孩沒有長大，總是敗給自己的怯懦與無能，理想的自己，越來越遠，越來越遠。

坐在西奈山山頂，在沙漠的冷風中，我漸漸明白。旅行不會帶來救贖，旅行所帶來的改變也十分有限，要成就理想的自己，只有在生活中一步一步地向前，才有可能實現。

只要我們心中，仍燃燒著荊棘，保留最後一份對生命真誠無悔的堅持與信念。

終曲

「有個人立意要描繪這個世界。隨著時間流逝，他畫出了省區、王國、山川、港灣、船舶、島嶼、魚蝦、房舍、器具、星辰，馬匹與男女。臨終前，他才發現自己耐心勾勒的縱橫格線，竟然匯合成自己的模樣。」

——波赫士《詩人》

相片裡，五顏六色的沙漠，盛滿屬於流浪的回憶。閉上眼，掌心彷彿還可以感受到，大地的粗礪與摩挲。

如夜一般深邃的黑，來自近北極圈中洋脊上的冰雪孤島，它以熾烈狂暴的方式降生於世，卻落在世界的邊緣，然後在被遺忘的角落裡被銷磨，化成不毛的蠻荒。

葡萄酒般的寶石紅，產自納巴泰人與貝都因人流浪的土地，阿拉伯大起義各部族誓師的原點，血一般的濃烈色彩，遙遙呼應了這片土地上曾有的盟約與背叛。

近乎透明的白，來自印度洋邊陲的神話之鄉，辛巴達曾經在這片白色沙漠裡躲避巨鷲的掠擊，即使來到二十一世紀，「龍血之島」依舊是探險家夢縈魂牽的浪漫所在。

卡爾巴拉、內蓋夫、戈壁、喀拉哈里，塔克拉瑪干……當然，還有金色的撒哈拉。走過荒涼寂寞後，這些詰屈聱牙的地理名詞，不再只是陌生遙遠的文字組合，對我來說，它的每個音節，都能召喚漫天風沙，烈日驕陽，讓大地龜裂，讓山川乾涸，更是每段旅行、流浪，或是自我放逐的回憶憑藉。

有很長一段時間，總覺得自己是卡繆筆下處處格格不入的局外人，推著巨石上山，卻又被殘酷命運自我折磨的薛西弗斯。蘇打綠在〈未了〉中唱得真切：

「重扛巨石，輕視著眾神；你去否定了，否定你的。
雖然反覆，卻漸漸懂得；每一步都是自己的；
不愛永恆，但求現在；真實活著的人生。」

年輕的我們，所在乎的、嚮往的、追求的，似乎都太遙遠，也太理想化。當年，對生命懵懵懂懂，不知為何離家、為何流浪的我，就連「現在」與「現實」都無法好好應付。我沒有能力去否定，那些否定我的、我真正藐視的，其實是一事無成的自己。飄逸飛揚的青春，原來是生命不可承受的輕。太快長大的我們，還沒有準備好面對現實的銳利與堅硬，一再挫敗的我，棄械逃亡。

所以，流浪也只是逃避現實的浪漫藉口，放逐則是半途而廢的矯情理由。我害怕真實的生活，沉迷讓我心安的事物，缺乏對生活的洞見，在得過且過中渾渾噩噩度日。在別人眼中，我是人人欣羨的「旅行家」，勇敢走出舒適圈，挑戰顛峰，超越自我。隨著護照上出入境的戳章變多，折頁也舊了，一種莫名的虛榮油然而生，好像自己，真的有那麼點可以誇口。

事實上，我仍然耽溺在舒適圈中，現代消費文化所定義的「旅行」，無論貧乏還是奢華，無論自助抑或團體旅遊，依舊沉醉在浪漫主義「只要離開，回來就能改變」的幻象之中。於是，我有很長一段時間，住在不屬於自己的地方，「旅行」就是個人自我催眠的舒適圈，它提供一個假象：「我有成長，我有進步，我會成為一個不同的人。」

真的嗎？那誰來告訴我，為什麼在現實中，我還在原地踏步，甚至離人群越來越遠呢？返鄉，會讓旅行者覺得自己是現實生活中的失敗者，所以，我們選擇一再離開，直到避無可避，生命的冷峻與殘酷，將我們打得血肉模糊。

我看著相片中的撒哈拉，沉默許久：是不是所有的流浪，都有盡頭？是不是每個人的青春，都有歸宿？我的漂泊，是不是應該結束了呢？

於是，我將流浪的衝動與回憶，收納在一個屬於它的角落，不再耽溺於幻想，不再執著於遠方。然後，走出家門，工作，交朋友，試著，好好生活。

Epilogue

在電影《一級玩家》（Ready Player One）中，遊戲創造者的哈勒代（Halliday）對完成三大試鍊的韋德（Wade）說：「我之所以創造『綠洲』，是因為我在真實世界裡格格不入。我不曉得怎麼跟真實世界裡的人相處。我害怕，終其一生都怕，直到我發現我已走到人生盡頭。那時，我才了解，只有在真實世界裡，你才能找到真正的幸福，即使真實人生充滿痛苦，現實也是唯一能坐下來好好吃頓飯的地方。因為……現實才是真實的（reality is real）。」然後哈勒代對男主角說：「不要犯下跟我一樣的錯。別永遠躲在這裡。」

在穿越撒哈拉的漫長旅程中，我所感受的浩瀚、陌生、敵意與溫暖，讓我更深刻去思考自己曾走過的一切。歸來後，沙漠以緘默無言的方式，緩緩改變了我的人生。歷經艱險與真實，讓我終於學會，用「溫柔」回望生命的一切。

莫里茲．湯姆森曾經說過：「愛的相反不是恨，而是厭倦。」厭倦生命的人，也逐漸地失去「愛」的能力。撒哈拉以殘酷賦予我們溫柔，以無情指導我們有情，再以無垠教會我們謙虛。然後我們開始懂得，以最誠實的方式，面對自己。

也才真正明白，我們唯一擁有的，只有「當下」，只有「現在」。

「現在」，才是我手中，唯一的真實，唯一的希望。

國家圖書館出版品預行編目資料

穿越撒哈拉：流浪，走向風沙未境之地 / 謝哲青著. -- 初版. -- 臺北市：皇冠, 2019.12
面；公分. --（皇冠叢書；第4809種）(謝哲青作品；01)

ISBN 978-957-33-3498-9 (平裝)

863.55 108020316

皇冠叢書第4809種
謝哲青作品 01

穿越撒哈拉

流浪，走向風沙未竟之地

作　　者—謝哲青
發 行 人—平雲
出版發行—皇冠文化出版有限公司
台北市敦化北路120巷50號
電話◎02-27168888
郵撥帳號◎15261516號
皇冠出版社(香港)有限公司
香港銅鑼灣道180號百樂商業中心
19字樓1903室
電話◎2529-1778　傳真◎2527-0904
總 編 輯—許婷婷
責任編輯—蔡維鋼
美術設計—王瓊瑤
攝　　影—謝哲青、李艾霖、林煜幃
照片提供—鍾佳芬、shutterstock
著作完成日期—2019年9月
初版一刷日期—2019年12月
初版五刷日期—2021年11月
法律顧問—王惠光律師

讀者服務傳真專線◎02-27150507
電腦編號◎572001
ISBN◎978-957-33-3498-9
Printed in Taiwan
本書定價◎新台幣450元/港幣150元

• 謝哲青Facebook：www.facebook.com/ryanhsieh1118
• 皇冠讀樂網：www.crown.com.tw
• 皇冠Facebook：www.facebook.com/crownbook
• 皇冠Instagram：www.instagram.com/crownbook1954
• 小王子的編輯夢：crownbook.pixnet.net/blog